Lucas Hausermann

Le Murmure du Possible

© 2025 Lucas Hausermann
Édition : BoD · Books on Demand,
31 avenue Saint-Rémy, 57600 Forbach,
bod@bod.fr
Impression : Libri Plureos GmbH,
Friedensallee 273, 22763 Hamburg (Allemagne)
ISBN : 978-2-3225-6065-3
Dépôt légal : Janvier 2025

À mes nouveaux amis

« La folie la plus pure, c'est de tout laisser tel quel et en même temps d'espérer que quelque chose va changer ».

Albert Einstein

Introduction

À vous qui tenez ce livre entre les mains, vous voilà sur le point de plonger dans un monde qui, malgré ses allures futuristes, pourrait être le reflet de nos propres dérives. Imaginez : l'an 2050, une date perçue depuis longtemps comme le symbole d'un avenir radieux et de progrès sans limites. Pourtant, à peine le cap franchi, l'illusion se dissipe.

Ce roman vous emmène 847 jours après ce tournant tant attendu, dans un monde où l'humanité épuisée par ses propres ambitions, a fini par se réfugier dans une existence monotone, standardisée. Les rêves qui devaient propulser l'homme vers de nouveaux sommets se sont évaporés, laissant place à une société engourdie, où la passion a fait place à la résignation.

Dans cet univers, vous ferez la connaissance de Paul, un jeune adulte dont l'éveil brutal à cette réalité marquera le début d'une profonde introspection. Son regard sur le monde sera celui d'un véritable marginal, un esprit en rupture avec cette époque qui ne lui offre aucun repère.

À travers ses yeux, vous découvrirez un monde qui a tourné le dos à ses valeurs essentielles, englouties dans une quête insatiable de gloire et d'orgueil. Vous suivrez ce jeune homme dans son voyage intérieur. Cette quête ne sera pas seulement la sienne ; elle sera aussi la vôtre.

Paul incarne donc cette lutte universelle, celle de l'individu contre les pressions d'une société qui finit par l'étouffer. Rongé par ses doutes, il refusera de se laisser happer par l'apathie ambiante, se posant les questions que beaucoup préfèrent éviter. Que reste-t-il de notre liberté lorsque chaque choix semble imposé par des normes invisibles ? Comment exprimer notre capacité à rêver, à défier l'ordre établi, à chercher quelque chose de plus grand que nous-mêmes ?

Plus qu'une critique, l'histoire de Paul est une invitation à la réflexion. Son parcours sera marqué par la recherche d'une voie alternative, celle qui s'éloigne des sentiers battus pour explorer des territoires intérieurs encore inexplorés.

À travers ses questionnements et ses révoltes, vous serez amené à interroger vos propres certitudes, à remettre en question ce que vous tenez pour acquis. Loin d'être un simple protagoniste, Paul est un miroir tendu. Il reflète nos propres peurs, nos propres espoirs, et ce désir presque inavouable de briser les chaînes qui nous entravent. Paul est un compagnon d'errance, et dans son désarroi, il vous permettra d'explorer les méandres de l'âme humaine, de trouver une lumière à suivre, un chemin à tracer, une raison de continuer à se battre.

En acceptant de le suivre, vous vous lancez dans une quête qui dépasse les simples péripéties d'un récit futuriste. C'est une invitation à reconsidérer votre place dans un monde qui, s'il continue sur cette voie, pourrait bien ressembler au sien.

Je compte sur vous, lecteurs, lectrices, pour être des partenaires engagés dans cette quête de sens. Ne soyez pas seulement un simple lecteur, une simple lectrice, mais plutôt un, une complice. Car au fond, l'histoire de Paul est une chance de réévaluer ce que signifie vraiment vivre, aimer et espérer.

Vous n'y trouverez pas de réponses toutes faites, mais vous y trouverez quelque chose de plus précieux : la liberté de penser par vous-même. Et peut-être, comme Paul, aurez-vous le courage de rêver d'un monde meilleur.

Chapitre 1

De profondis clamavi
Du fond de l'abîme, j'ai crié

Aujourd'hui, jour 847. Encore une journée que j'entame à bord de ce bus, son air vicié, chargé de sueur. Mes doigts glissent sur cette barre de métal poisseuse, souvenir des mains d'autres voyageurs anonymes. L'atmosphère est lourde, étouffée par le murmure mécanique du moteur. Comme toujours, je me tiens en retrait, en simple observateur. J'épie, j'analyse les mouvements, les regards vides et les soupirs étouffés par le bruit ambiant. Et je n'y vois que des étrangers, indifférents les uns aux autres, sans âme. Rien de nouveau, rien de satisfaisant.

Je tourne le regard vers l'extérieur du bus, vers la rue. À ce moment, j'aperçois quatre petites silhouettes derrière cette vitre sale. Je ne sais pas pourquoi, mais leur présence m'accroche. Pour la première fois depuis longtemps, je m'arrête pour regarder, comme si cette scène totalement insignifiante contenait quelque chose que je devais voir ; une chose qui m'échappe encore au moment où je vous parle.

En les examinant un à un quelques secondes, je réalise. Ils ne sont pas réellement quatre, non. Trois d'entre eux sont ensemble et le quatrième est à part, seul. Quelque chose d'étrange et d'obscur se dessine. Un pressentiment lourd s'empare de moi, d'une manière inattendue. Le regard sombre et perçant d'un des trois enfants transperce celui du quatrième, telle une flèche silencieuse. Je comprends qu'il ne s'agit pas seulement d'un simple désintérêt, mais d'une exclusion délibérée, presque cruelle. Une tension invisible mais palpable les divise, telle un mur infranchissable. Le petit, là, isolé, tourne la tête. Je vois désormais son visage. Il sait. Il sent cette bulle autour de lui, cette barrière invisible que la société a dressée pour s'en protéger.

Tout autour d'eux, la ville s'étire encore et encore dans une symphonie d'angles droits et de lignes parfaites. Les bâtiments ne sont que des blocs identiques, des copies sans âmes. Le ciel semble avoir lui-même oublié ses couleurs, drapé d'un voile blafard. Et pourtant, au milieu de ce tableau terne, ce garçon isolé brille discrètement, tel un éclat fragile, une anomalie dans ce monde figé.

Je veux comprendre ce qu'il se passe. Pourquoi cette rivalité ? Pourquoi ce rejet ? Je scrute le petit garçon, cherchant d'abord une réponse dans son physique. Un seul trait me marque : il est fin, plus que la plupart des gens autour de moi. C'est la seule chose qui le distingue au premier abord. Les trois autres l'envient sûrement. En ces temps où bien se nourrir est devenu un luxe réservé aux privilégiés, lui, semble avoir étrangement échappé à la règle.

En le regardant plus longuement, je ne peux m'empêcher de me comparer. Mon corps à moi, tout en angles et en lignes lui aussi, manque d'équilibre et de grâce. Je suis aussi épais que lui, c'est notre seul point commun. Ma carrure frêle trahit une vie où l'effort physique n'a jamais été une priorité. Je n'ai ni la robustesse des ouvriers, ni l'élégance décontractée que l'on voit parfois dans la rue. Moi, je suis invisible, anonyme.

D'ordinaire, j'aurais détourné le regard pour laisser mes pensées se dissoudre dans l'éternel vide du quotidien. Mais je sens que quelque chose en moi est en train de changer. Une curiosité inexplicable me pousse à examiner encore et encore ce petit garçon, à trouver une explication à cet affrontement. De manière inhabituelle, je prends le temps d'observer mon environnement, de le scruter, pour une fois, pour la première fois sans doute.

Plus je le sondais, plus il m'était difficile de dire qu'il appartenait au bon cercle ou qu'il avait hérité d'un quelconque pouvoir. Sa chemise blanche, jaunie par la sueur, et sa salopette brune, trouée, racontaient une autre histoire. Je n'arrivais pas à le catégoriser comme on avait l'habitude de le faire : riche ou pauvre, favorisé ou défavorisé ? Aucun de ces qualificatifs me permettait de le décrire entièrement. Ce garçon était un paradoxe vivant, insaisissable, difficilement cernable. Il semblait appartenir à un autre monde. Ni riche, ni pauvre, ni faible, ni fort – il défiait toute tentative de classification, telle une anomalie dans l'ordre rigide de notre société. Peut-être était-il plus complexe que ce que la société voulait qu'il soit.

Je l'auscultais, encore et encore. Il y avait en lui une force qui n'était pas nécessairement physique. Plus le temps passait, plus je voyais en face de moi un petit combattant. Il se tenait là, immobile, tel un petit Gavroche, défiant les regards inquisiteurs du jugement.

Il savait qu'il était observé, mais il ne flanchait pas. La peur devait le ronger, mais il émanait de lui une sorte de puissance mystérieuse, un rayonnement qui transcendaient l'air autour de lui. Cette énergie, je ne l'avais jamais vue ailleurs.

Ce gamin m'avait bousculé comme personne ne l'avait fait. Pas même mon père, ni mes amis. Il y avait dans son regard une sorte de miroir déformant, un écho silencieux à ma propre personne. Il avait osé défier les règles de notre monde. Il avait osé être différent, à notre époque. Il avait réussi, sans même le savoir, à me sortir de moi-même, à déplacer mon regard et à insuffler en moi un désir nouveau : celui d'examiner mon propre reflet dans la vitre sale du bus, qui venait de capter mon attention.

Ce reflet m'apparut d'abord très flou, presque spectral, comme si la saleté de cette vitre brouillait volontairement les contours. Puis, en y regardant de plus près, je me découvris enfin. Je ne voulais pas reconnaître ce visage pâle, marqué par la fatigue de ces derniers jours.

Mes pommettes saillantes semblaient prêtes à percer une peau fine, presque translucide. Mes cheveux noirs, raides et sans éclat, retombaient négligemment sur un front légèrement luisant. Et ce regard, profond et sombre, comme deux puits d'ombre, mais vide d'assurance, presque trop fragile pour supporter le poids d'une vie. J'eus soudain un mouvement de recul, presque imperceptible, face à ce reflet de moi-même.

Le bus se remit en mouvement et la ville reprit son rythme dans un vacarme infernal et incessant, ponctué par la cadence implacable d'un gigantesque pendule invisible.

Moi, je restai là, figé, le regard perdu, la tête du gamin encore bien ancrée dans mon esprit. Son sourire insolent, ce sourire qui disait « Je ne sais vraiment pas où je vais, mais j'y vais quand même », avait réveillé quelque chose en moi, une envie enfouie, presque oubliée. Dans ses yeux brillait une forme de liberté que je m'étais toujours refusé d'effleurer.

Cette rencontre était devenue dérangeante ; il avait ce quelque chose d'insaisissable, de brut, de vrai. Une étincelle que le monde des adultes étouffe, et que je n'avais jamais eu la chance de connaître jusqu'alors.

Entre deux instants, j'avais réussi à discerner, dans le coin de la rue, des néons blafards perçant à peine la grisaille. Un sourire cynique se dessina immédiatement sur mes lèvres lorsque je lus le slogan de cette boutique de prêt-à-porter : « L'habit ne fait pas le moine ». Cette phrase, qui autrefois nous incitait à ne pas juger sur l'apparence, n'était plus qu'une vérité tordue et détournée. C'est là qu'on s'y habille toutes et tous sans distinction, dans un conformisme qui nous engloutit. Chaque vêtement y est une armure, un masque qui cache nos défauts ; une coquille vide, un déguisement aseptisé qui efface nos singularités ; on s'habille comme des moines, anonymes, identiques.

Et, alors que je passe devant chaque jour, une sorte d'angoisse naît soudain au plus profond de moi. Je réalise quelque chose de terrible : l'individualité, notre individualité, semble d'être dissoute dans ce flot de tissus ternes. Plus personne ne se distingue. Cette marque assure une neutralité totale, permettant en même temps une sécurité froide, sans relief. Nous avons troqué nos identités pour une existence sans aspérité. Ce conformisme est la loi de notre démocratie moderne, une liberté de façade où chacun joue son rôle sans jamais oser déroger aux normes et aux règles.

Il m'obsède. Il m'obsède. Son image s'impose à moi comme une brûlure. Chaque battement de mon cœur amplifie cette obsession. Ses yeux brillent dans ma mémoire comme des phares dans une nuit sans fin, leur lumière crue exposant mes propres failles. Je n'arrive pas à chasser l'image de ce petit garçon que je vois désormais sans cesse, comme s'il me lançait des signaux annonçant un effondrement total.

D'une manière inattendue, une question ronge peu à peu mon esprit, amplifiant l'angoisse sourde que je ressens depuis peu. Qui décide ce qui est acceptable ? Cette question d'une terrible lourdeur, me hante désormais. Moi, Paul, dix-huit ans, qui n'avais jamais vraiment douté, qui avais jusqu'ici suivi le courant, voilà que je me retrouve piégé par une interrogation qui semble ouvrir un abîme sous mes pieds. Pourquoi ce garçon m'obsède-t-il autant ? Qu'est-ce qui fait qu'il a réussi, malgré lui, à me détourner de cette vie plate et monotone ? Je ne fais que repenser à lui, à cette innocence brute qui me confronte à quelque chose que j'ai ignoré jusque-là. Je commence à douter, à me demander si tout ce que j'ai fait, pensé, ressenti, n'a pas été imposé par d'autres, par des attentes extérieures. Et si tout ce que je croyais être moi n'était qu'un mensonge ? Une version édulcorée de ce que les autres voulaient voir ? Peut-être suis-je simplement une silhouette de plus, façonnée par les attentes des autres. Une construction étrangère, imposée par des mains invisibles.

Cette idée s'insinuait dans mon esprit comme un poison, et plus j'y pensais, plus elle s'enroulait autour de mes pensées. Je me suis même senti étranglé pendant un instant. Suis-je simplement en train de jouer un rôle sans même m'en rendre compte ? Plus j'y pensais, plus la question m'échappait, comme du sable entre mes doigts.

Et dans ce vide qui se creusait, je me sentais minuscule, presque écrasé par l'ampleur de ce que je n'avais jamais vu. Tout ce que je croyais solide et évident se désintégrait, et je ne trouvais plus rien à quoi me raccrocher. Comme si la structure même de mon existence se fissurait sous le poids de toutes ces interrogations.

Soudain, je me surpris moi-même à éclater de rire hystériquement, le son résonnant dans le vide autour de moi.

La folie commence à m'envahir, et je réalise que mon esprit s'emballe, obsédé par cette question. Les visages autour de moi, dénués de vie, deviennent des masques inexpressifs dans cette comédie absurde. Et tout s'enchaîne, comme si le monde venait frapper ma conscience. Perdu dans mes pensées, un bruit sourd au fond du bus me ramène à la réalité. Deux hommes parlent à voix basse. Je n'arrive pas à distinguer leurs mots mais je devine leur nature : critiques, moqueries, tout ce qui fait le sel amer de notre quotidien. Le bus n'est pas doté de caméras. Il n'y a que des micros qui filtrent les bruits. Pas pour nous protéger, non, mais pour s'assurer que nous restions dans le rang.

Assis là, repensant au petit garçon encore et encore, je ne me sentais plus complètement seul, pour la première fois depuis longtemps. Quelque chose s'était à la fois brisé et reconstruit. Comme s'il était temps que je sorte de ma coquille, presque malgré moi.

Le bus avançait, et je ne cessais de penser à ma mère, à tout ce qu'elle m'avait transmis. Cette femme qui m'avait tout appris sur le monde, comme si elle savait que j'aurais besoin de cet espace pour trouver mes propres réponses, à cet instant précis de mon existence. Je me souviens de cette façon qu'elle avait de poser sa main légère sur mon épaule, tout en me disant : « Regarde bien, Paul, les réponses sont toujours dans les détails. »

Dans ce bus, je sentais pour la première fois depuis des années un élan, une envie de sortir de cette torpeur dont je n'avais pas conscience jusqu'alors. Arraché à mon siège qui semblait avoir pris la forme de mon corps, je me levai ; le monde continua de tourner, impersonnel. Mais, à cet instant précis, je me senti étrangement vivant, comme si le simple fait d'ouvrir les yeux sur ce qui m'entoure, et sur moi-même, suffisait à rallumer une flamme que je croyais éteinte.

Après avoir pressé le bouton d'arrêt luisant, je descendis de cette machine encore trop bruyante, un amas de métal vibrant de toutes parts, son moteur grondant comme une bête mécanique affamée.

Dehors, l'air empestait une odeur âcre, un mélange suffocant de gaz et de substances chimiques brûlées. Une odeur de pollution me saisit, un goût métallique envahissant ma gorge, me donnant cette mauvaise impression que chaque inspiration me consumait un peu plus. J'étais presque aveuglé par cette couche épaisse de smog grisâtre, stagnante, suspendue jusqu'aux toits des immeubles. La brume toxique teintée de jaune ocre s'étendait, étouffant chacun de mes souffles, rendant la lumière du jour presque inexistante. Les rayons du soleil peinaient à percer les nuages, ne laissant qu'une clarté maladive, un éclat sale et terne.

Les pavés sous mes pieds étaient brûlants, mais la chaleur de ma propre tête me rongeait encore plus. Chaque pas résonnait comme un écho de ma solitude. Cette ville, pleine de bruit et d'agitation, semblait m'ignorer, et moi, je n'arrivais même plus à savoir si j'étais censé faire partie d'elle.

Soudain, mes yeux furent aussitôt captés par un immense écran lumineux sur la façade d'en face, une surface lisse et brillante, incrustée dans la structure bétonnée. Il semblait diffuser une lumière blanche crue, aveuglante, déchirant le ciel obscurci. Une publicité défilait, célébrant la femme avec des mots ronflants, chaque lettre surgissant de l'écran avec une intensité étrange, presque agressive. Des images saturées, aux couleurs trop vives pour être réelles, montraient des visages parfaits, figés dans des sourires artificiels. Je ne pouvais m'en détacher. Cette lumière était devenue une fascination malsaine, un tourbillon d'illusions et de désirs inatteignables qui nous dévorait au quotidien.

Autour de moi, les bâtiments gris et anonymes s'effaçaient, happés par la clarté de cet écran. Les néons clignotants des devantures, usés par le temps, jetaient des éclats intermittents, pâles imitations de ce qui me paraissait être la seule source de vie dans ce décor morne. Plus je m'en approchais, plus cette lueur artificielle semblait m'absorber. Les sons, les odeurs, tout devenait presque indistinct. Une étrange confusion montait en moi, comme si la frontière entre la réalité et l'illusion se dissolvait peu à peu.

Sous l'écran, cachée dans l'ombre, j'entendis la voix rauque d'un homme crachotant des mots dans un haut-parleur défaillant. Le grésillement entre-coupait son discours, presque inaudible, comme un murmure étouffé par l'omniprésence du bruit quasi-électronique.

Chaque mot semblait s'effacer avant même d'atteindre mes oreilles, laissant toujours derrière lui cette impression de vide.

« Oh, principe de la vie ! Tu ne t'es jamais demandé ce que nous avons fait de toi ? Nous t'avons recouverte de bitume pour mieux te fouler, nous t'avons ignorée et blessée. Fidèle, généreuse, tu nous as tout donné, même lorsque nous t'avons trahie. Tu es restée maternelle et dévouée. Pardon ! L'homme, aveugle à ta grandeur, te blesse encore. Mais toi, résiste, rappelle-toi de ta force, laisse la nature te revendiquer, sois libre, sois femme ! »

Je suis resté là, immobile, comme si les mots m'avaient frappé sans que je puisse les comprendre. Tout semblait faux, comme un mirage qui s'éloigne dès qu'on croit pouvoir l'atteindre. J'aurais voulu y croire, mais quelque chose au fond de moi me disait que tout n'était qu'une illusion. Peut-être que c'était moi l'illusion.

L'écran holographique suspendu au-dessus de moi diffusait une publicité, ses images projetées en trois dimensions, vacillant légèrement, et créant un effet fantomatique. La lumière artificielle qu'il dégageait contrastait avec l'atmosphère terne des alentours, illuminant les façades ces dégradées.

Qu'est-ce que cette publicité faisait là, projetée comme un cri dans le vide ? Maman m'avait assuré que, de nos jours, les femmes n'étaient plus battues. Pourtant, ces mots flottants dans l'air me paraissaient faux, dissonants, comme une supercherie dissimulant une autre vérité, plus sombre. Cette façade, lézardée par le temps et l'abandon, susurrait une réalité cachée sous les beaux mots.

En longeant le bâtiment, je remarquai une petite porte métallique, si basse qu'elle aurait pu passer inaperçue si l'on n'y prêtait pas attention. Elle était encastrée dans le mur de béton gris, rongée par la rouille, et une peinture écaillée la recouvrait, ajoutant à l'impression de négligence. Les lettres gravées au-dessus étaient à peine lisibles, mais je pouvais encore distinguer : « ~~Centre pour femmes battues.~~ Porte condamnée. » Quelque chose en moi se figea. Cette porte semblait être le vestige d'un passé révolu, mais les cris – je les percevais à peine, sourds et lointains, comme venus d'un autre temps, ou peut-être d'un autre lieu – étaient étouffés par l'épaisse couche d'indifférence qui recouvrait tout. Elle gardait des secrets, des histoires de douleur et de silence qu'on préférait oublier, dissimulées derrière ce verrou qui n'avait probablement pas été touché depuis quelques années.

Je me retournai, reprenant une marche lente, un peu perdu dans ce dédale de rues froides. Les pavés sous mes pieds étaient irréguliers, craquelés par les années. Tous les bâtiments autour de moi s'élevaient comme des blocs sans âme, rongés par la pollution et l'oubli. Les gens continuaient leur course, indifférents à tout ce qui les entourait. Ils traversaient la vie comme des automates, le regard figé, implacablement détachés de toutes les vérités qui bouillonnaient sous la surface.

Leurs visages, dénués d'émotion, étaient sculptés dans le marbre, et leurs mouvements répétés semblaient presque mécaniques. Rien ne semblait pouvoir altérer leur tranquillité feinte, cette tranquillité que nous avions tous choisi de préserver à tout prix.

Une vérité amère me saisit avec une intensité terrible : nous avions préféré détourner le regard, enterrer les problèmes derrière des portes.

Cette prise de conscience m'assaillit avec la violence d'un coup de poing, me jetant à terre sous le poids écrasant de cette révélation.

Les immeubles autour de moi paraissaient se resserrer, accentuant mon étouffement. Une angoisse viscérale m'envahit, me serrant le cœur avec une froideur glaciale, comme si l'air devenait toxique, alourdissant chacun de mes mouvements. Je m'arrêtai un instant, la tête inclinée vers le sol, mes chaussures sales s'enfonçant dans une flaque d'eau stagnante. Mon esprit, en proie à un tourbillon chaotique, cherchait à rassembler mes pensées qui s'échappaient, insaisissables.

Les injustices, autrefois si lointaines et insurmontables, m'apparaissaient désormais écrasantes, trop vastes pour être contenues. L'idée même de changer quoi que ce soit, de réellement faire une différence, me semblait être une illusion absurde, un mirage cruel destiné à nous leurrer. Je me sentais englouti par un abîme de désespoir, comme si chaque tentative de lutte se heurtait à une inutilité inéluctable. Les murs invisibles autour de moi semblaient s'épaissir davantage, transformant chaque effort en un combat presque inutile, dérisoire.

Prisonnier de ma propre existence, enfermé dans cette cage intangible que je ne pouvais ni voir ni toucher, je ressentais un tiraillement déchirant entre une folie croissante et une paralysie totale. Mes pensées tournaient en boucle, s'entrechoquant comme une litanie incessante, alimentant mon sentiment d'impuissance. La lourdeur de cette réalité pesait sur mes épaules comme un fardeau.

Malgré ce tourbillon de pensées désespérées, il fallait que je continue à avancer, tel un automate défaillant.

Maman m'attendait à la maison pour le repas, une petite lueur de normalité dans ce chaos. Mais même cette obligation, aussi banale soit-elle, semblait se dissoudre dans l'ombre grandissante de mon malaise. Chaque pas vers la maison, chaque pavé que je foulais, était devenu un pas de plus dans un monde qui me paraissait de plus en plus absurde.

Je ne vous ai même pas dit d'où je venais avant de prendre ce bus. J'étais à l'École. Chaque jour, je m'y rends, par obligation plus que par envie. Mais ce n'est plus l'École que maman a connue. Aujourd'hui, l'École est un immense bâtiment froid, impersonnel, en plein centre-ville. On y regarde essentiellement des vidéos. Ce sont des images, des mots, projetés sans relâche, mais maintenant que j'y pense, rien ne semble vrai. C'est comme un miroir sans reflet, un écran qui ne montre que ce qu'il veut bien montrer, loin du monde réel que je suis en train de découvrir amèrement.

L'École alimente cette angoisse sourde de cet engrenage quotidien. Maman m'a raconté qu'à son époque, chaque semaine recommençait comme la précédente, formant un cycle infini. Aujourd'hui, on ne compte plus les semaines, on se contente de regarder les jours défiler, comme des prisonniers qui comptent les barreaux de leur cellule. C'est une manière de vivre sans vraiment vivre, une sorte de fuite en avant.

Je marchais toujours d'un pas pressé, le souffle court, me frayant un chemin à travers le petit parc que papa m'avait toujours interdit de traverser. « C'est trop dangereux », m'avait-il dit plusieurs fois. Mais aujourd'hui, je n'avais pas pu résister à cette envie d'explorer cet espace mystérieux, de briser la routine et de goûter à une aventure que je n'avais jamais osé envisager. Un mélange de culpabilité et d'excitation me rongeait de l'intérieur.

Le parc, qui m'avait toujours paru n'être qu'un espace interdit, s'étalait devant moi comme un territoire inconnu, intimidant et irrésistible. Les arbres s'élevaient autour, plus grands et imposants que dans mon imagination. Leurs troncs robustes formaient une barrière entre moi et le reste du monde. Comme si, en pénétrant ici, j'avais quitté la réalité.

Une tension montait dans ma poitrine. Le silence ambiant, loin d'être apaisant, amplifiait les battements de mon cœur. Je ressentais une peur primaire, viscérale. Mais il y avait aussi autre chose, une curiosité insatiable, un désir de briser les chaînes de la prudence qui m'avaient toujours retenu.

L'obsession de quitter cet endroit au plus vite m'aveuglait. Je fixais la sortie du parc comme une bouée de sauvetage, tel un repère dans ce bosquet où la ville semblait s'évanouir, engloutie par la hauteur des arbres. Ma tête tournait légèrement, mes jambes tremblaient, comme si le sol sous mes pieds devenait de moins en moins stable à chaque pas. Pourtant, je continuais d'avancer, tiraillé entre l'envie de fuir et celle de rester.

Soudain, un silence me perturba. Loin d'être oppressant, il semblait s'étirer comme une toile d'araignée, capturant les sons et les mouvements. C'était comme si le monde autour de moi retenait son souffle, suspendu dans l'attente.

Peu à peu, ma respiration se calmait, et une chaleur douce s'installait sur ma peau. Elle était réconfortante, comme si elle cherchait à dissoudre mes peurs. Chaque détail autour de moi devenait un tableau vibrant : les fleurs jaillissaient entre les rochers, scintillant sous la lumière tamisée du soleil, leurs couleurs plus éclatantes, presque irréelles. Mes yeux, comme s'ils s'ouvraient pour la toute première fois, captaient chaque nuance de la vie grouillante autour de moi. Une sensation nouvelle m'envahissait : un mélange de liberté et d'émerveillement. Un frisson parcourut mon échine, non pas de peur, mais d'une pure extase, comme si je redécouvrais un monde dont j'avais été absent depuis toujours. Tout semblait plus réel, plus vibrant, et j'avais l'impression, moi aussi, d'être plus vivant que jamais. Derrière moi, les insectes bourdonnaient comme pour me rappeler que j'étais une partie, infime mais inséparable de ce monde.

Je m'arrêtai soudain, sentant une brise chaude effleurer ma peau. Elle effaçait peu à peu mes craintes, me murmurant que tout allait bien, que j'étais à ma place ici.

J'avais franchi la ligne du chemin tracé et pour la première fois, je déposais mes pieds sur un tapis de mousse. C'était doux, c'était vrai, c'était… vivant. Une émotion m'envahit, puissante, nouvelle : un mélange d'admiration, de soulagement, comme si j'avais enfin trouvé quelque chose que j'avais cherché sans le savoir.

L'air était lourd de toutes les questions que je ne m'étais jamais posées. Pourquoi avais-je ignoré ça ? Pourquoi avais-je appris à craindre plutôt qu'à admirer ?

Une culpabilité sourde montait en moi, me rappelant la voix de papa, celle qui m'avait toujours mis en garde. Mais cette culpabilité, au lieu de me freiner, semblait se transformer en un désir d'explorer davantage. Il avait voulu me protéger de ce vertige, de cette immersion dans l'authenticité du monde. Mais maintenant, j'étais là. Je me découvrais, et je découvrais le monde pour la première fois, vraiment.

Je posai ma main sur un arbre, cherchant un appui, une ancre. La rugosité de l'écorce sous mes doigts me fit frémir, mais ce frisson n'était plus celui de l'angoisse. C'était un frisson de communion avec quelque chose de plus grand que moi. Un oiseau vint se poser sur mon bras, léger comme un souffle, et soudain tout sembla plus simple et plus lumineux. Le contact délicat de ses pattes sur ma peau m'emplissait d'une sensation de sérénité que je n'avais jamais connue. Puis il s'envola, et dans son sillage, un rayon de soleil vint effleurer mon front. C'était chaud, c'était bon, c'était... vivant. Une bouffée d'air emplit mes poumons, et je compris enfin que tout ce que je croyais avoir perdu était encore là, à portée de main. Le monde n'était pas mort ; il attendait simplement que je le regarde vraiment. Une vague de gratitude monta en moi, comme si j'avais été témoin d'un miracle simple, mais essentiel.

Sur le chemin du retour, mes pensées tourbillonnaient encore, mais cette fois, avec une nouvelle clarté. J'avais l'impression d'avoir franchi une étape, et de m'être approché de quelque chose de profond, presque tangible. Une paix intérieure, mêlée à une sensation de puissance, m'envahissait. Celui que j'étais encore quelques heures plus tôt semblait avoir disparu, remplacé par quelqu'un capable de voir les choses sous un angle plus vrai, plus brut.

Et je me sentais investi d'une responsabilité nouvelle. Une responsabilité terrifiante, mais étrangement exaltante. Les sensations de peur, d'angoisse et d'émerveillement se mêlaient en moi, donnant naissance à une vérité plus profonde, plus intime. Quelque chose avait basculé, mais je savais que ça ne se limitait pas à cet instant précis.

Le véritable point de rupture avait eu lieu plus tôt, bien avant que je ne pénètre dans ce parc ou avant même que je ne croise ce petit garçon qui continuait d'occuper mes pensées. Cette transformation, avait commencé il y a trois jours, au moment où papa était parti. La véritable fracture s'était produite le jour où la mort avait frappé à ma porte. C'est à partir de cet instant que tout avait basculé pour moi. Ce jour-là, j'avais commencé à voir le monde d'une autre manière, toujours avec un mélange d'émerveillement et d'espoir, malgré la douleur.

Chapitre 2

Aperit et nemo claudit
Elle ouvre et personne ne (peut) referme(r)

Le matin du jour 844, il y a trois jours, je me suis levé avec une souplesse déconcertante, comme si chaque geste avait été répété des milliers de fois, jusqu'à en devenir une danse mécanique. Pourtant, en enfilant mes chaussettes, j'ai soudain pensé à mon père, à ce matin où il m'avait appris à lacer mes chaussures. Ce fragment du passé m'a laissé un goût étrange, doux-amer, que j'ai d'abord tenté d'ignorer comme j'avais l'habitude de le faire. Mes premiers mouvements étaient précis, calculés, insensibles à l'éclat du jour filtrant à travers les volets clos. Rien dans cette lumière tamisée n'indiquait que quelque chose avait changé. J'étais prêt pour une autre journée sans relief, une de celles qui se dissolvaient dans le gris de l'existence.

Descendre les escaliers m'a semblé durer une éternité. Chaque marche résonnait lourdement sous mes pieds, chaque pas demandant un effort invisible, mais bien réel. Je n'étais pas fatigué, non. C'était une lassitude plus profonde, une sorte d'usure intérieure, comme si l'espace et le temps s'étiraient, se perdaient dans un gouffre sans fond.

Arrivé dans la cuisine, j'ai saisi une nouvelle boîte de conserve sur l'étagère, sans réfléchir, par réflexe. L'alignement trop parfait de ces boîtes me donnait un curieux sentiment de contrôle. J'en ai ouvert une avec un clic sec, presque rassurant. Puis, j'en ai versé le contenu – une bouillie beigeâtre sans odeur, sans saveur – dans le robot culinaire. Je me suis servi un bol sans y penser, presque amusé par l'absurdité du geste. Manger n'était plus qu'une formalité, un acte dénué de plaisir, une simple mécanique pour maintenir ce corps frêle en marche.

Accoudé sur le comptoir de la cuisine, j'ai observé mon reflet dans la surface métallique du robot. Un sourire ironique a effleuré mes lèvres, un rictus imperceptible. Maman ventait souvent ce système avec sa voix douce et rassurante. Elle disait que les boîtes et le robot nous libéraient des contraintes futiles nous permettant de mieux nous concentrer sur l'essentiel. « L'essentiel », répétait-elle souvent. Mais de quel essentiel parlait-elle ? Nous vivions dans un monde dépersonnalisé, où chaque décision semblait déjà faite, chaque aspiration étouffée. Pour elle, cette uniformité était une bénédiction, une voie vers une paix collective.

En jetant la boîte vide à la poubelle, je me suis demandé si papa aurait approuvé tout cela. Lui, qui avait contribué à construire ce monde, ce système où tout n'était réduit qu'à des chiffres et à une consommation massive, aurait-il vu dans cette froide efficacité une victoire ou un renoncement ? La question m'a laissé un frisson. Ce matin-là, le jour 844, je sentais déjà que quelque chose basculait.

Dans un état de léthargie hypnotique, j'ai décidé de m'enfuir. Pas physiquement, c'était impossible ; les murs blancs de l'appartement étaient bien trop réels. Je me suis réfugié dans mon casque de réalité virtuelle comme j'avais l'habitude de le faire. Cette technologie, censée nous offrir une évasion temporaire, ne faisait qu'effleurer la surface de mes tourments. Mais un bruit sourd m'a arraché à cette fuite : c'était le journal télévisé. Toujours diffusé aux mêmes heures, il cadençait la journée tel un rituel sacré. Les mots des journalistes glissaient sur moi. Je me sentais noyé dans une cacophonie de contradictions et de mensonges. Les nouvelles n'étaient qu'un flot incohérent de propagande, si dense qu'il était impossible d'en extraire une vérité.

À la fin du programme, j'ai aussitôt changé de canal, avec l'espoir futile que, peut-être, les autres divertissements proposés pourraient me sauver de cette inertie. Mais là aussi, je ne trouvais que du vide. Ces fictions me paraissaient aussi distantes que les personnages eux-mêmes, devenus des caricatures grotesques. Je ne pouvais m'empêcher de rire, mais c'était un rire amer, un rire de façade.

Puis le téléphone a sonné. Ce matin-là, alors que je croyais avoir trouvé un maigre répit dans la fiction, la réalité m'a brutalement rattrapé. La voix de maman, aussi distante que celle des journalistes, m'a annoncé que papa avait eu un accident de voiture. Cette phrase flottait dans l'air, incongrue, déplacée. Pourtant, les voitures autonomes étaient conçues pour être infaillibles, m'avait-on toujours dit. L'idée qu'un accident puisse se produire me semblait presque absurde. J'étais convaincu qu'elle s'était trompée, qu'elle avait mal compris. Comment cet événement pouvait-il échapper à la perfection de notre système ? C'était impossible, impensable.

Lorsque maman arriva à la maison, son regard, aussi froid que sa voix l'avait été, ne laissait place à aucune interprétation. Elle m'a regardé droit dans les yeux, avec cette neutralité dérangeante, et a déclaré : « C'est le destin. » Ces mots, prononcés d'un ton plat, sans émotion, résonnaient dans la pièce, creux, vides de toute signification humaine. « C'est le destin. » Comme une formalité. Comme si la mort de papa n'était rien de plus qu'un détail dans l'immensité de ce monde normé, où chaque chose est à sa place. Je me souviens de la façon dont ces mots se sont répétés dans ma tête. Maman les avait prononcés comme si cela suffisait à tout expliquer, à tout justifier.

Je cherchais désespérément un signe, un geste, une larme peut-être. Mais il n'y avait rien. Rien d'autre que ce silence pesant, cette absence palpable d'émotion qui semblait se nourrir de tout ce qu'il restait d'amour et de compassion.

Assis là, sur ce canapé, je scrutais son visage, tentant de percer à jour ce qu'il y avait derrière cette façade glaciale. Tout semblait s'être éteint. Cette femme, qui m'avait autrefois parlé de ses rêves, de ses passions, et de son enfance si pleine de vie, n'existait plus. Tout ce qu'il restait d'elle n'était plus qu'une coquille vide, une personne usée, broyée par un système qui avait éradiqué toute humanité en elle.

Ses parents, si brillants et exigeants, l'avaient poussée à exceller, mais elle s'était perdue dans cette quête sans fin. Et moi, je restais là, à observer cette métamorphose inhumaine, avec ce sentiment croissant d'absurdité. Le mantra résonnait encore dans ma tête :

« C'est le destin. » Un destin froid, mécanique, implacable, contre lequel il semblait impossible de lutter. Et je me demandais si ce n'était pas là notre vraie tragédie : avoir oublié comment ressentir. Un frisson me parcourut alors, accompagné d'une sensation inconnue, inexplicable.

Je ne pouvais m'empêcher de penser à elle, à ma pauvre mère, et à ce qui l'avait conduite à devenir ainsi.

Elle travaillait pour une multinationale prestigieuse, un nom omniprésent dans notre société, résonnant tel un écho de l'efficacité technologique. Elle dirigeait une équipe de quatre-vingts personnes, tous concentrés sur le développement de machines robotisées, aussi froides et impeccables qu'elle l'était devenue.

Je l'imaginais, assise à son bureau, entourée de tableaux de bord lumineux et d'écrans clignotants, analysant des données avec une précision chirurgicale. Ses yeux fixaient des graphiques, des lignes, des chiffres, insensibles à tout ce qui ne relevait pas du calcul ou de l'efficacité. Cette image s'était gravée en moi, inaltérable. Son rôle était devenu sa vie. Elle avait fini par se fondre dans cette série interminable de tâches, de réunions, de décisions froides. Chaque responsabilité pesait sur ses épaules, mais elle n'en montrait rien, comme si son humanité s'était effacée derrière son travail. Elle était devenue une machine, une extension des robots qu'elle créait. Tous ses gestes étaient calculés, ses mots pesés, ses regards vides de toute trace d'affection.

Des souvenirs surgissaient. Je me rappelais ses sourires, sa chaleur. Tout cela semblait appartenir à une autre époque. Elle avait toujours été efficace, bien sûr, mais cette efficacité s'était muée en quelque chose d'inhumain. Et derrière cette façade rigide, je sentais que quelque chose s'était brisé. Je le voyais dans ses yeux, dans ses silences. Elle avait perdu de vue la dimension humaine de sa vie, cette étincelle qui faisait d'elle une mère, une personne vivante, sensible, emplie de nuances et d'émotions. Cette étincelle s'était éteinte ou, du moins, elle vacillait. Ce changement insidieux, ce glissement imperceptible mais constant, avait creusé une fracture profonde entre elle et le monde, entre elle et moi. Une distance s'était installée, infranchissable.

Plus je l'observais, plus cette distance était immuable. Je peinais à comprendre, à accepter ce que notre relation était devenue. Comment une personne pouvait-elle se transformer à ce point, se couper des autres, se couper de soi-même ? Et pourtant, chaque jour qui passait me confrontait à cette réalité, une réalité que je percevais de plus en plus clairement, mais qui m'échappait encore. Plus encore que la mort de mon père, c'était la métamorphose de ma mère qui me bouleversait. Ce que je ne comprenais pas, c'était cette indifférence croissante.

Quelques heures après l'appel, l'enterrement de papa s'était déroulé comme un rituel presque bureaucratique.

La salle de cérémonie était une boîte parfaite, presque clinique. Ses murs d'un blanc glacé, si lisses, semblaient dénués de toute histoire, comme s'ils avaient été conçus pour effacer tous les souvenirs. Recouverts de panneaux métalliques, ils renvoyaient la lumière crue des néons suspendus au plafond dans une multitude de reflets aveuglants. La lumière n'était pas douce, elle n'éclairait rien ; elle exposait tout. Chaque détail de cette pièce était brut, sans ambiguïté, comme si tout avait été pensé pour effacer la moindre trace d'humanité.

Je fixais ces murs et me sentais de plus en plus étranger à ce lieu. Rien ici ne semblait fait pour les vivants. Aucune décoration n'adoucissait cette austérité. Pas un tableau, pas une plante, rien qui ne rompe cette froideur clinique. Il n'y avait que le métal froid, implacable, réfléchissant une lumière blanche, impitoyable elle aussi. Ce lieu ne parlait pas de la vie ; il imposait un ordre impérieux, rigide, oppressant.

Le sol, en béton gris, renvoyait lui aussi cette froideur implacable. Il n'invitait pas à être foulé ; il semblait plutôt rappeler l'insignifiance de ceux qui le traversaient. Chaque pas que je faisais résonnait avec une netteté tranchante, sans écho. Ce bruit devenait presque oppressant dans ce silence pesant, un silence si total qu'il en devenait palpable, presque physique. C'était comme si l'émotion y était interdite, comme si ce cube stérile rejetait mes tentatives de ressentir quelque chose. Ici, il n'y avait pas de place pour la tendresse, pour le réconfort, pour la tristesse même. Tout était froid, contrôlé, impersonnel : une salle conçue pour des machines, pas pour des humains. Et pourtant, c'était là que nous étions réunis.

Mes doigts jouaient machinalement avec ma montre, celle que papa m'avait donnée pour mes dix-huit ans. Les aiguilles tournaient toujours avec une précision irritante, comme pour me rappeler que le temps continuait, indifférent à tout, lui aussi. Ce petit objet tenait à peine dans ma main, mais il semblait peser une tonne. J'aurais voulu l'enlever, mais je n'y arrivais pas. Peut-être parce que c'était tout ce qu'il me restait de lui.

Au centre de cette pièce, le cercueil reposait sur une estrade métallique légèrement surélevée. Fabriqué en bois clair, verni, il avait un aspect presque industriel, comme s'il sortait tout droit d'une chaîne de production.

Les poignées en acier brossé brillaient sous les projecteurs, et les angles nets du cercueil lui donnaient l'allure d'un objet utilitaire, dépourvu de toute symbolique sacrée. Pas de coussin, pas d'étoffe pour adoucir cette austérité. Ce n'était pas un écrin pour un défunt, mais un conteneur, prêt à être traité, expédié, oublié.

Les invités, eux, étaient assis sur des chaises en plastique noir, parfaitement alignées en rangées symétriques. Chaque chaise semblait identique, sans la moindre variation de couleur ou de forme. Je m'étais assis sur celle du bord, comme pour briser cette symétrie étouffante. Cet acte ne changeait rien, je le savais, mais ce petit geste m'avait fait du bien.

Les gens, vêtus de costumes noirs, sobres, semblaient eux aussi s'effacer dans cette conformité rigide. Pas un éclat de couleur, pas un bouton doré, ni même un tissu qui se détache. Ils portaient leurs vêtements comme des uniformes, remplissant leur rôle dans une cérémonie devenue une formalité. Leurs visages étaient encore plus troublants. Chacun portait la même expression figée, un masque de tristesse fabriquée avec soin. Les yeux rougis, mais sans larmes. Des paupières mi-closes, comme si leur douleur était dosée pour ne pas paraître excessive. Leurs sourcils étaient froncés juste ce qu'il fallait, mais sans réelle profondeur dans leur expression. Il y avait quelque chose d'artificiel : leurs lèvres pincées, les joues creusées de manière presque exagérée, tout cela trahissait une absence de véritable émotion. C'était un spectacle soigneusement répété, une chorégraphie de la douleur, où chacun jouait son rôle sans conviction. Certains d'entre eux tentaient de paraître plus touchés, essuyant presque mécaniquement une larme invisible du coin de l'œil.

Les autres restaient immobiles, comme s'ils attendaient simplement que tout se termine. Leurs regards fuyaient le cercueil, comme s'il s'agissait d'un détail gênant, encombrant presque la salle. C'était une mascarade si évidente qu'elle en devenait insupportable. Leurs gestes, lents et calculés, trahissaient leur ennui sous-jacent. Leurs mains étaient sagement posées sur leurs genoux, ou parfois entrelacées, dans un geste d'humilité feinte. Mais la tension dans leurs doigts, le clignement rapide de leurs paupières, tout indiquait leur volonté de quitter cet endroit.

En observant ce spectacle, un rire amer étouffé dans ma gorge depuis quelques minutes m'a échappé. Ce n'était pas un hommage, mais une performance. Le chagrin n'était encore qu'une obligation morale, accomplie avec une précision mécanique. Dans cette époque où la morale était devenue une mise en scène collective, il était plus facile de se conformer que de se confronter à ses propres émotions.

Je repensais aux conseils de maman : « Exprime ce que tu ressens, peu importe les circonstances », m'avait-elle dit quand j'étais petit. Mais ces paroles sonnaient désormais démodées. Jamais je n'avais vu quelqu'un mettre ces préceptes en pratique. Maman, elle aussi, avait essayé de pleurer. Elle savait que pleurer ne ramènerait pas papa.

Habituellement insensible à ces mascarades émotionnelles, le comportement de ma propre mère avait déclenché en moi une détresse profonde, une incompréhension inexplicable. La mort de mon père n'était que le début d'un long combat contre moi-même, je le savais.

Je cherchais presque désespérément un moyen de soulager cette douleur naissante. J'avais même tenté de pleurer moi aussi, mais malgré tous mes efforts, mes yeux restaient obstinément secs.

La cérémonie démarra. Maman se leva brusquement, se dirigeant vers le pupitre avec une urgence désespérée. Elle tenait une feuille de papier dans ses mains tremblantes. Une fois sur l'estrade, elle déposa la lettre devant elle et commença son discours. Sa voix tremblait elle aussi, et chaque mot semblait un fardeau qu'elle peinait à porter. Le contraste était frappant : cette femme, d'ordinaire si digne, luttait ouvertement contre ses larmes. Elle s'effritait sous le poids d'une émotion brute. Ça me déstabilisa.

« Pourquoi ai-je agi ainsi ? Pourquoi ai-je crié victoire avant d'avoir affronté mes peurs ? Je me suis cru transformée alors que je n'étais qu'au début de ce combat. Ce combat m'a changé. Mais à quel prix ? J'aurais dû rester dans mon monde, dans cet univers construit pour fuir une réalité trop douloureuse. Mais fuir, cela m'empêchait de vivre. J'aurais dû me cacher, ne pas attirer l'attention… Je n'aurais pas dû… L'indifférence, l'insensibilité… Je n'ai pas été éduquée ainsi ! Et pourtant, me voilà piégée dans mes propres contradictions. »

Elle marqua une pause, ses yeux perdus dans le vide. Chaque mot qu'elle prononçait semblait arracher une part d'elle-même.

« Autrefois, on me méprisait. J'étais la risée de ce monde, celle qui marchait seule, à contre-courant. J'ai voulu me durcir pour oublier, pour survivre. Mais ce n'était pas un choix, c'était une erreur que je regrette maintenant. J'aurais dû hésiter, réfléchir un peu plus, avant de renoncer à tout. Je ne ressens plus rien. »

Un murmure traversa la salle, mais personne n'osait bouger. Elle continua, le souffle court :

« La mort de mon mari... et ces larmes sur mon visage... ce ne sont que des automatismes. J'ai perdu mon humanité, pour toujours. J'ai tout sacrifié pour m'intégrer, pour ne pas déranger l'ordre établi. Mais à force de me conformer, j'ai perdu mon identité. Mon mari n'a jamais rien vu, heureusement. Mon fils... je voulais lui transmettre de belles valeurs, je voulais en faire quelqu'un de bien. C'était trop dangereux. Et maintenant, je suis une étrangère, même pour moi-même. »

Maman s'arrêta, comme si chaque mot l'épuisait. Ses yeux se remplirent soudainement de larmes. À ce moment, nos regards se croisèrent, et pour la première fois, une goutte chaude roula sur ma joue et ma gorge se serra. Une sensation étrange m'envahit lorsque je perçus dans ses yeux cette sincérité désarmante. Elle continua :

« Mon Paul, je pensais que tu serais mon passeur. J'ai choisi de devenir insensible, mais je savais que ma sensibilité vivrait en toi. J'espérais que tu la porterais mieux que moi. »

Elle s'interrompit, cherchant ses mots, mais ils ne vinrent pas immédiatement.

« Honnêtement, je ne m'attendais pas à ce que la transformation soit aussi rapide. Au début, je jouais un rôle ; je m'étais juré de ne pas changer. Mais à force, j'ai remplacé mon identité pour toujours. Mon statut m'a contrainte à porter un masque adapté à ma fonction. Aujourd'hui, je veux le dire. Je n'avais pas la force de le faire avant. J'ai perdu mon humanité pour intégrer ce système. Je m'en rends compte maintenant. Je crois que je suis impuissante face à cela. C'est terrible. »

Mon souffle était toujours coupé. Les gens, assis, semblaient indifférents. Ils étaient si habitués à une façade polie qu'ils ne comprenaient pas que les paroles de maman étaient désormais pleines d'une détresse sincère. Les rares qui l'écoutaient encore semblaient inquiets. Maman s'agitait, méthodique, en rangeant les papiers sur le pupitre.

Un instant, j'ai eu envie de me lever pour poser ma main sur son épaule et lui dire quelque chose… mais quoi ? Qu'elle avait l'air épuisée ? Que je voyais bien que, malgré ses airs durs, elle souffrait ? Les mots se sont noyés quelque part au fond de moi, comme d'habitude, et j'ai laissé ma main retomber.

« Mon mari était particulier. Il se levait tôt, mais son travail ne le poussait pas à l'aube ! Non, il préférait assouvir ses désirs les plus profonds. Moi, j'enfilais mon masque, pour fuir. Je perdais mon identité pour un instant, mais ces instants se sont prolongés. Les jours ont passé, et cela n'avait plus d'importance pour moi. Pour être plus forte, il faut dépasser les plus grandes angoisses, calmer les plus grandes colères, sécher les plus grosses larmes. C'est ainsi, pas autrement. J'ai abandonné. »

Les gens étaient toujours immobiles, comme des statues. Leurs regards vides ne reflétaient rien de la réalité brutale qui venait de s'imposer à eux. On aurait dit qu'ils n'étaient plus tout à fait présents, comme s'ils avaient choisi de se détacher de la scène, incapables de saisir la profondeur de la détresse qui émanait de maman.

Je la regardais, et pour la première fois, je la voyais vraiment. Je mesurais tout le courage qu'elle avait eu de parler, de se mettre à nu devant tout le monde. Elle avait osé affronter le silence, briser les conventions.

Les rares qui avaient eu le courage de l'écouter semblaient maintenant agités, nerveux, cherchant une issue de secours invisible, une fuite discrète vers un ailleurs où les mots prononcés ne résonneraient plus. Ils voulaient échapper à cette vérité brute que maman venait de jeter à leurs pieds, comme un miroir dans lequel personne ne voulait se regarder. Son discours n'avait rien d'habituel. Non, ce qu'elle avait dit était tranchant, sincère, sans fard. Elle avait révélé les failles de notre société, les brèches béantes qu'elle seule semblait capable de voir.

Puis, soudain, son regard changea. Quelque chose d'indescriptible se brisa en elle. Une étincelle de désespoir traversa ses yeux, une vulnérabilité que je n'avais jamais vue auparavant. Avec ce discours, maman venait de trouver une forme de pouvoir bien plus noble que celui qu'elle exerçait habituellement dans son travail. Ce n'était plus celui de la maîtrise froide des machines ou de la gestion des hommes. Non, c'était le pouvoir de la vérité, le pouvoir de se révolter. Elle avait pris un risque immense en se tenant là, devant tout le monde, en brisant le masque qu'elle avait si longtemps porté. Elle avait mis à nu son désarroi, ses doutes, ses peurs, et tout ce qui la rongeait depuis si longtemps. Mais ce jour-là, le changement n'était pas au rendez-vous. Les gens étaient figés, englués, dans leur monde.

Quand elle est descendue de l'estrade, je me suis avancé pour poser ma main sur le cercueil, avec elle. Mon corps agissait avant ma tête. J'avais envie que l'on se prenne l'un dans l'autre, mais c'était interdit. Ma main s'est posée sur son épaule, hésitante. Elle a levé les yeux vers moi, surprise par ce contact. Ses lèvres ont bougé, comme si elle voulait parler, mais aucun son n'est sorti. Alors, je me suis contenté de rester là, à côté d'elle, pour lui montrer qu'elle n'était pas seule.

Je me souvenais de ces soirs où elle me racontait des histoires inventées, sa voix douce, contrastant avec toute l'autorité qu'elle dégageait au quotidien. À l'époque, je ne comprenais pas pourquoi elle s'éclipsait si vite après m'avoir bordé, mais aujourd'hui, je mesurais la fatigue sur son visage et tous les sacrifices silencieux qu'elle portait. Ce n'était pas seulement mon père qu'elle pleurait. C'était peut-être aussi toutes ces années où elle avait tenu bon, où elle avait porté le poids de notre famille. Maman, debout à côté, n'avait plus rien de cette douceur. Pourtant, en voyant sa main tremblante posée sur le cercueil, je retrouvais un écho de celle qui m'avait appris à rêver.

Autour de nous, tous les regards étaient détournés, comme si cette cérémonie n'était qu'une formalité à remplir, une étape à cocher sur la longue liste des conventions sociales. Ils observaient attentivement nos mains, vérifiant que, oui, nous les avions bien posé sur le cercueil. Ce geste, chargé de tant de significations pour moi, n'était pour eux qu'un détail à noter.

Je ressentais la détresse de maman d'une manière nouvelle, différente. C'était comme si quelque chose en moi s'était brisé à l'unisson avec elle, comme si je percevais pour la première fois tout le poids de ce qu'elle portait depuis des années.

Les gens s'éloignaient en silence. Il n'y avait plus d'authenticité, plus de sincérité ; seulement des gestes codifiés, des regards fuyants, et une attente patiente que tout cela prenne fin. Pourtant, dans l'ombre, j'ai surpris une femme essuyer une larme discrète. C'était peut-être une vieille amie de papa. Je ne savais pas. Dans cet océan d'indifférence, ce geste m'a semblé lumineux, presque héroïque. Peut-être qu'il restait encore un peu d'humanité quelque part, enfouie. Quand elle a quitté la salle, j'ai senti quelque chose changer en moi. Au départ, ce n'était ni une illumination, ni un grand bouleversement. Juste une petite fissure dans le mur que j'avais construit autour de moi. Peut-être que, comme elle, j'allais devoir apprendre à affronter ce que je fuyais. Peut-être que tout n'était pas encore perdu. Plus je sentais cette fissure, plus elle était grande. Je ne cessais de me répéter que pendant dix-huit ans, je n'avais prêté que très peu d'attention à la détresse de maman, à moi-même. C'était horrible.

Ce jour-là, mon monde s'était effondré, et je sentais la chute d'une manière plus profonde. Le jour où mon père est parti a marqué la fin d'un temps et le début d'une pathologie plus grave qui me poussait à réfléchir, à analyser, à me poser des questions. Cette maladie était le mal du siècle, je le savais. Maman m'avait tout confié, et c'est à ce moment que je me suis vraiment senti responsable du monde. Mon cœur s'emballait. J'étais vraiment malade. J'en voulais presque à maman, je ne pensais plus qu'à nos conversations. J'essayais de rester calme. Maman m'avait appris beaucoup de choses, mais je ne comprenais plus ce qui était bien ou mal. Cette question me hantait elle aussi.

En sortant, j'ai levé les yeux vers le ciel. Il était gris, chargé, mais j'ai vu un oiseau traverser les nuages. C'était idiot, mais ce simple vol m'a réchauffé un peu. J'ai eu envie de sourire. Pas grand-chose, juste un tout petit sourire, comme si ce minuscule instant me rappelait que la vie, parfois, continuait à exister…

Chapitre 3

Cave ne cadas
Prends garde à la chute !

Aujourd'hui, jour 848. J'étais enfin en vacances. Mais à peine avais-je pu goûter à l'illusion d'un repos que mon casque vibra violemment sur ma tête : une impulsion brutale, comme un coup de poing invisible. Sur l'écran, en lettres froides et rigides, s'afficha cette injonction absurde : « Paul, il faut accomplir de grandes choses. » Pourquoi maintenant ? Pourquoi moi ? Je savais que c'était inutile de protester. Ces mots n'étaient que le reflet d'un système malade, mais ils avaient réussi à m'arracher du lit.

D'une humeur plutôt palpable, je descendis les escaliers, chaque marche amplifiant mon irritation, chaque pas me rappelant la responsabilité que ma propre mère m'avait confiée il y a quelques jours.

Tout ça pesait lourdement sur mes épaules. Dans le couloir, je croisai son reflet figé dans une photo posée sur un meuble blanc. Une photo où elle souriait encore, bien avant les matins à quatre heures. Tout ça pesait lourdement sur mes épaules, encore.

Arrivé dans la cuisine, je n'avais pas la force de préparer un véritable repas, comme toujours. Le robot-cuisine, fidèle et insensible, chauffa une boîte de conserve comme il l'avait fait des centaines de fois auparavant. En le regardant fonctionner, je me surpris moi-même à penser à papa. Je l'imaginais râler contre cette « paresse culinaire ». C'était peut-être la seule chose qu'il aimait prendre le temps de faire : des crêpes, de temps en temps. L'odeur du sucre me revint soudain, douce, réconfortante, mais ce souvenir s'effaça presque instantanément, balayé par la routine grise.

Aussitôt assis dans le canapé, je lançai ma série. Les sons familiers résonnèrent dans la pièce, mais aujourd'hui, il n'y avait rien de réconfortant dans ce rituel. Je fixais l'écran, mais mon esprit vagabondait ailleurs. Les dialogues me passaient au-dessus de la tête, les images glissaient sur ma rétine sans laisser de trace. Tout me paraissait fade, creux, sans substance – encore plus qu'hier, et que les jours précédents. La saveur métallique me restait en bouche, rendant chaque bouchée de ce repas expédié d'avance encore plus pénible.

Une nouvelle vibration secoua mon casque. Un appel. Encore. Cette fois, une voix robotisée, dénuée de la moindre émotion, m'informa que les dettes de mon père devaient être payées au plus vite. Les mots étaient énoncés avec une froideur mécanique, sans trace d'humanité. Il n'y avait aucune considération, aucun respect pour le lien, même infime, qui nous unissait mon père et moi. Juste une litanie impersonnelle : des chiffres, des dettes. Et puis, le silence… L'appel se termina brusquement, me laissant seul face à l'absurdité de cette situation.

Je reposai mon casque sur la table basse, un peu trop brutalement. Le bruit me fit sursauter. Pourquoi tout semblait-il se briser autour de moi ? Ma patience s'effritait, mon calme m'échappait. Tout se réduisait à une simple transaction. L'argent, encore l'argent. Les banques ne voyaient en nous que des numéros. Plus de visages, plus de vies derrière les comptes. Juste des unités monétaires, des pièces interchangeables dans cette grande machine déshumanisée.

Je sentais la colère monter en moi. J'essayai de me concentrer sur ma série, mais chaque scène me ramenait à ces pensées parasites. Des détails insignifiants commençaient à m'agresser. Et le bruit de la ventilation, à peine perceptible, se fit soudain assourdissant. Une rai de lumière traversa le rideau. Mon regard se perdit sur la poussière flottant dans l'air et, sans raison, je me rappelai la maison de mon enfance : les rayons du soleil pénétrant par la fenêtre de la cuisine, et les grains de poussière que je m'amusais à suivre des yeux. Je secouai la tête, comme pour chasser cette vision intrusive. Je ne voulais pas y penser, je ne voulais pas être là. Le temps passait étrangement, chaque minute s'étirait interminablement.

Maman était déjà partie travailler depuis longtemps. Levée à quatre heures, comme chaque matin, sans un mot, sans un bruit. Elle n'était qu'un fantôme qui hantait la maison, une silhouette furtive que je croisais à peine. J'avais encore du mal à croire tout ce qu'elle avait dit lors de la cérémonie. Et la maison était trop calme sans elle, trop vide. J'avais l'impression que les murs rétrécissaient, que l'espace se refermait sur moi. J'essayais de respirer, de me raccrocher à quelque chose de familier, mais même l'air me paraissait lourd et stagnant.

Je me dirigeai aussitôt vers la salle de bain, cherchant une distraction pour occuper mon esprit. Sur le rebord de la baignoire, un morceau de papier attira mon attention. C'était une lettre, une chose si inhabituelle dans notre monde dominé par le numérique que je restai un instant immobile. Une enveloppe posée négligemment, comme un objet étranger, incongru.

Sans comprendre pourquoi, une angoisse sourde s'empara de moi. Je pris l'enveloppe en la tournant entre mes doigts. Elle semblait venir d'un autre temps, d'un autre lieu. Le timbre portait le nom de l'entreprise de papa ; une entreprise banale et impersonnelle. Pourquoi cette lettre ? Papa n'écrivait jamais. Il préférait les messages vocaux, expéditifs et rapides.

Ma curiosité, mêlée d'un malaise profond, me poussa à ouvrir le pli. Dès les premiers mots, une gêne monta en moi. L'écriture de papa était là, serrée et rigide, chaque lettre tracée avec une précision maladroite. Ses mots, tremblants sur la page, semblaient chargés d'une gravité inattendue. « Aujourd'hui, j'ai peur... » commençait la lettre. Une phrase simple, mais qui me heurta de plein fouet. Je voyais papa, seul à son bureau, écrivant avec difficulté, ses mains tremblantes, ses yeux rivés sur le papier. Ces mots apparaissaient sous mes yeux, désordonnés mais terriblement nets. Je me sentais déjà étouffé par un pressentiment, une lourdeur pesant sur ma poitrine avant même d'avoir lu davantage.

« J'ai peur que mon bonheur s'aligne sur celui des autres, peur que ma réussite devienne commune, peur que mon savoir se répande à travers le monde, peur de perdre mon pouvoir. »

Je fronçai les sourcils. C'était si inattendu. Papa, ce roc, cette figure droite et inébranlable, m'avouait ses peurs. Une angoisse sourde monta en moi. Cette lettre n'était pas un simple message : c'était un cri, une confession qui, peut-être, n'aurait jamais dû me parvenir. Une sensation de malaise s'insinua en moi, comme si quelque chose clochait, comme si ce texte n'était pas qu'un simple mot.

« Je veux être unique et remarquable. Je ne veux pas être un homme parmi les autres, je veux être l'homme, celui au-dessus des autres. »

Je serrai les dents. Ce besoin de grandeur, cette soif de se démarquer... Avec lui, tout avait toujours été maîtrisé, réfléchi, calculé. Mais là, tout semblait brut, presque désespéré. Cette volonté de domination me paraissait si étrangère et pourtant si familière, comme si une partie de moi résonnait avec ses mots – une partie que je n'avais jamais osé regarder en face.

« J'ai peur, peur d'être trompé, peur d'être empoisonné par la pensée humaine », continua-t-il, avec une écriture toujours aussi abîmée. La peur, sa peur. Elle transpirait dans chaque ligne. Papa, cet homme si sûr de lui, semblait se tenir au bord du gouffre, terrifié par l'idée de ne pas être à la hauteur. Un frisson me parcourut. Ce n'était pas une simple lettre, mais un aveu de fragilité que je n'aurais jamais cru possible. Ses mots résonnaient en moi comme une alarme sourde. Chaque phrase faisait trembler mes certitudes sur lui.

« Je suis le démiurge, je suis tout, et les autres ne sont rien... Mais j'ai peur, j'ai encore peur, cette peur me hante ! Je crains de ne pas être heureux, finalement... Suis-je heureux ? Je n'en sais rien. Peut-être suis-je en train de penser aux autres pour la première fois... Ou peut-être est-ce la première fois que je pense à moi, à quarante ans. »

Je sentis mon estomac se nouer. Chaque mot semblait peser une tonne. Cette révélation, qu'il n'avait jamais été heureux et qu'il ignorait même ce que le bonheur signifiait pour lui, m'assomma. Tout ce que j'avais cru solide, stable, volait en éclats. Et moi, je restais là, face à ses doutes et ses démons, sans savoir quoi en faire, impuissant. Il parlait de son bonheur, de sa réussite, mais aussi de sa peur viscérale de tout perdre. Il voulait être unique, au-dessus des autres peut-être, mais il se sentait prisonnier, hanté par ses propres ambitions.

« C'est horrible. Je n'ai jamais ressenti une telle chose, aussi intense. J'ai l'impression que mon corps m'abandonne, qu'il s'échappe, qu'il me quitte pour aller ailleurs, loin de moi. Une pression insupportable s'installe. Depuis quelques jours, une douleur me ronge la poitrine, là, à l'intérieur. Mon crâne chauffe, et ma tête devient trop lourde. Ma vision se brouille, se teinte d'ombres, jusqu'à devenir ce nuage laiteux devant mes yeux.

Tout semble faux. Ce monde m'apparaît comme un décor en carton-pâte. Mes muscles se tendent, mon corps se crispe. J'ai même du mal à tenir mon crayon. Je suis devenu trop faible pour ce monde. De toute façon, ils auraient fini par m'achever, par m'envoyer chez les fous, chez ceux qui pensent et qui réfléchissent trop. Je ne peux pas accepter un tel supplice. Je ne peux plus supporter ça ! »

Mon cœur se serra si fort que j'eus du mal à respirer. Je pouvais quasiment sentir cette douleur envahir ma poitrine, comme un écho lointain de ce qu'il avait ressenti à ce moment-là. Je comprenais maintenant. Ce n'était pas un accident. Cette lettre, cette détresse… tout m'indiquait que papa avait fait un choix. Il avait fait le choix de se laisser mourir. Ou pire, de mettre fin à ses jours.

Une panique sourde s'empara de moi. Comment avais-je pu être aussi aveugle ? Comment n'avais-je rien vu avant ? Comment avais-je pu ignorer à quel point il souffrait, à quel point il se sentait acculé ?

Les mots de sa lettre résonnaient dans ma tête, tels des éclats de verre qui me lacéraient :

« Quelle idée j'ai eue de penser à ça. Quelle idée j'ai eue de penser à moi. Quelle idée j'ai eue de penser au bonheur. Ne vous demandez jamais si vous êtes heureux ou non. Je crois que c'est cette question qui m'a rendu malade. C'est elle qui m'a rendu incapable. Je n'ai même pas su répondre moi-même à la question du bonheur. Mais je ne préfère jamais le savoir. Jamais ! Je ne veux plus y réfléchir. Jamais ! Je crains que la chute soit trop violente, encore plus douloureuse que cette sensation qui s'est emparée de moi. C'est trop compliqué. C'est bien trop compliqué de réfléchir. »

Je sentais les larmes monter à mes yeux, une chaleur insupportable envahissant mes joues. Papa ne parlait pas seulement de lui ; il parlait de moi, de nous, de tout ce qui faisait mal dans ce monde qui ne nous laissait aucun répit. « J'espère que tout continuera de tourner sans moi ». Je restai figé, le souffle coupé, mes yeux fixés sur cette dernière phrase. « Le monde continuera de tourner sans moi. » Ces mots s'écrasaient comme une vague glaciale.

Papa avait choisi de disparaître. Il avait décidé que sa place n'était plus parmi nous. Je réalisai que tout ce que je croyais immuable n'était que poussière. Ce simple aveu bouleversait tout ce que je pensais savoir sur lui. Il n'était pas seulement ce père distant et exigeant que j'avais toujours perçu. C'était bel et bien un homme, fragile, vulnérable... comme moi, comme nous tous.

J'étais là, avec cette lettre, face à l'immensité de son absence, et je ne savais plus quoi penser, ni comment continuer sans lui. Ses mots me semblaient étrangers, comme s'ils venaient d'un autre monde. Une gêne m'envahissait, se transformant peu à peu en irritation. Pourquoi avait-il fait ces confidences ? Pour quelles raisons m'avait-il imposé ça ? Je ne voulais pas connaître la réponse. Mais chaque phrase de sa lettre parasitait mon esprit contre mon gré, comme un poison lent qui s'infiltrait dans mes pensées.

Je me retrouvai assis contre cette baignoire, incapable de détacher mon regard de ce morceau de papier. Mon esprit se brouillait peu à peu, des bruits sourds résonnaient dans ma tête, des souvenirs flous surgissaient sans prévenir : des soirées silencieuses, des repas pris en vitesse, des conversations avortées. Papa, toujours préoccupé, toujours ailleurs. Son image me hantait : un dos qui s'éloigne, une porte qui claque, aucun regard, aucun mot. Je ne savais plus quoi ressentir. De la colère ? De la tristesse ? Rien ne correspondait à ce que je vivais.

Chaque mot de papa me déroutait davantage. Son besoin de se sentir supérieur, son angoisse face à l'idée de perdre ce statut... Tout ça me semblait si lointain, si absurde. Les murs de la salle de bain se rapprochaient eux aussi, oppressants. Une chaleur étouffante montait en moi. Je laissai tomber la lettre sur le sol, incapable d'en supporter davantage. Mon regard se perdit sur le carrelage froid, ses motifs ternes et répétitifs.

Tout était devenu insupportable en quelques secondes : le moindre détail, la moindre sensation. Une simple goutte d'eau qui tombait du robinet me rendait fou, ce tic-tac incessant du temps qui passait sans s'arrêter. J'étais prisonnier de mes pensées, enfermé dans une réalité qui se fissurait sous mes yeux. Et maman n'était pas là pour m'expliquer, pour me rassurer. Elle était déjà partie, absorbée par son travail, ses machines. J'étais là, seul face à mes propres démons et face à ce monde qui ne faisait plus sens.

Mon esprit vagabondait, perdu dans toutes ces questions sans réponse, dans tous ces souvenirs qui refusaient de s'effacer. Ils s'imposaient à moi comme des fantômes réclamant mon attention. Je restai là, immobile, incapable de bouger. Je voulais m'échapper, mais je ne savais pas comment. La lettre de papa continuait de m'obséder, comme un nouveau poids que je n'avais pas choisi de porter. Le silence de la maison, l'oppression des pièces, tout me renvoyait à mon impuissance.

Une larme chaude monta à mon œil, mais je refusai de la laisser couler. Je ne voulais pas céder, pas encore, pas tout de suite. Pourtant, je ne pouvais m'en empêcher. L'indifférence qui me protégeait jusque-là se fissurait peu à peu, laissant place à quelque chose de plus sombre et de plus dérangeant. Ce n'était pas encore de la douleur, pas vraiment. C'était une irritation constante, une impatience envers moi-même, la sensation que tout m'échappait.

Je regardais le mur blanc de la salle de bain, comme si une réponse allait y apparaître, comme si ce vide allait finir par me parler. Mais il n'y avait rien. Juste ce silence épais, interrompu par le goutte-à-goutte incessant du robinet. Je tentai en vain de me relever, mes jambes engourdies par l'immobilité. Un vertige me saisit, comme si le sol, complice silencieux de mon mal-être, allait m'abandonner lui aussi. Le carrelage froid sous ma main, si lisse et implacable, me ramena à une réalité insaisissable.

L'image de papa me hantait encore. Pas celle de lui vivant, mais cette nouvelle version vulnérable, tissée de doutes et de peurs. Pourtant, un souvenir inattendu surgit : une soirée d'été, papa riant fort en buvant un verre. J'avais douze ans. Tout semblait si simple à cette époque. Ce souvenir me heurta de plein fouet. Je secouai à nouveau la tête pour l'effacer, comme si l'admettre rendait sa perte plus réelle. Cette nouvelle image de papa envahissait mon esprit. Il n'était plus le père inébranlable que j'avais cru connaître. Il était devenu un étranger, vulnérable, trop humain pour l'image figée que j'en avais gardée.

Je passai ma main sur le rebord de la baignoire, cherchant dans ce contact froid et tangible un ancrage à une réalité qui se dérobait. Un bruit étouffé venu de la rue m'arracha : une voiture qui passait. Ce son lointain, banal, devint une bouée à laquelle je m'accrochais. Une preuve que le monde continuait de tourner, même si je me sentais déconnecté.

Je sortis de la salle de bain et, sans vraiment savoir pourquoi, je me retrouvai dans le salon, les yeux perdus parmi les objets du quotidien. Tout était familier, et pourtant, tout semblait légèrement décalé, comme si une fissure invisible traversait chaque chose. Le vieux fauteuil où papa s'asseyait souvent me parut soudain trop usé, marqué par les années.

Instinctivement, je tendis la main vers l'accoudoir, comme si le toucher pouvait me ramener à lui. Mais ce n'était qu'un morceau de tissu élimé. Pas lui. Juste une trace, un écho. La table, encombrée de tasses vides, ressemblait à un champ de bataille abandonné. Même le tic-tac de l'horloge murale semblait avoir changé de rythme, plus lent, comme pour me rappeler le temps que j'avais perdu, irrécupérable.

Puis, il y avait cette photo sur la commode, encadrée de bois sombre. Un souvenir de vacances, papa, maman et moi, souriants sous un ciel d'été éclatant. Ce cliché, que je n'avais pas regardé depuis des mois, me semblait maintenant presque cruel. Le sourire figé de papa, si sûr de lui, si plein d'une énergie que je croyais inépuisable, me frappa comme une gifle. Comme si ce moment n'avait jamais existé, comme s'il appartenait à un autre monde, un monde où rien de tout cela ne serait arrivé.

Je détournai les yeux, agacé par ces souvenirs qui me harcelaient. Je ne voulais pas penser à ce passé qui ne signifiait plus rien. Et pourtant, ils revenaient, par vagues incontrôlables. Tout ce qui était autrefois banal – le bruit de la machine à café, le claquement sec de la porte – était maintenant chargé d'un poids insupportable, chaque son amplifiant ma solitude. C'était comme marcher pieds nus sur des éclats de souvenirs brisés, chaque morceau plus coupant que le précédent. Pourquoi étais-je si incapable de repousser ces intrusions ? Pourquoi tout me semblait-il si lourd et si pesant ? Je voulais retrouver cette indifférence qui m'avait permis de survivre jusque-là. Mais elle me fuyait. À sa place, je ne ressentais qu'une impatience sourde, un besoin urgent de me secouer, de faire taire ces voix intérieures qui murmuraient des vérités que je refusais d'entendre.

Je me traînai jusqu'à la fenêtre pour observer la rue en contrebas. Des passants anonymes défilaient, chacun absorbé dans son propre univers. Quelle chance ! Ils avaient tous trouvés une distraction. Je les enviais presque. C'était une scène banale, mais je me sentais en décalage, comme si je n'appartenais plus vraiment à ce monde. Une voiture s'arrêta au feu rouge, crachant une fumée noire et dense. Je fixai ces volutes, hypnotisé. Je me surpris à penser que même ce vieux tas de ferraille continuait à avancer, malgré son état. Même une voiture rouillée semblait mieux fonctionner que moi à cet instant.

Je regardai toujours les passants défiler les uns après les autres. Peut-être portaient-ils leurs propres fardeaux, mais au moins, ils avançaient. Moi, j'étais devenu ce vieux feu rouge, immobile et inutile, totalement bloqué au milieu d'un monde qui continuait de bouger sans moi.

Je fermai les yeux, cherchant à retrouver un semblant de calme. L'image de papa, son visage figé sur cette photo, continuait de me hanter. Sa lettre aussi, lourde de non-dits, de peurs dissimulées, pesait encore sur ma conscience. Chaque mot revenait en écho, se mêlant à ma propre confusion. Et moi, je restais là, encore piégé entre tous les souvenirs qui refusaient de mourir et un présent de plus en plus insaisissable.

Je rouvris les yeux et fixai de nouveau la rue. Rien n'avait changé, et pourtant, tout me paraissait différent. Peut-être que le monde continuerait de tourner sans moi, comme papa l'avait écrit dans sa lettre. Peut-être que rien de tout cela n'avait vraiment d'importance. Mais alors, pourquoi cette sensation d'inconfort me collait-elle à la peau ? Pourquoi avais-je l'impression que, quelque chose, quelque part dans l'univers, avait irrémédiablement basculé ?

Chapitre 4

Dolus an virtus quis in hoste requirat !
Ruse ou courage, qu'importe contre l'ennemi !

Une vague de souvenirs surgit avec une brutalité inattendue, tels des éclairs déchirant l'obscurité. Chaque image, chaque fragment du passé jaillit avec une clarté presque douloureuse, comme un parfum familier qui vous prend par surprise. J'entends encore le crissement des chaussures de papa sur le parquet en quittant ma chambre, et ce rire rauque et moqueur. Ces éclairs de mémoire ne me blessent pas seulement, ils me caressent et me brûlent à la fois. Pourquoi ces fragments, que je croyais enfouis depuis si longtemps, reviennent-ils avec une telle force ? C'est comme si le temps lui-même déversait sur moi un torrent de nostalgie et de douleur, forçant chaque souvenir à éclater avec une intensité presque insupportable. Je suis pris au piège, incapable de détourner le regard de ces éclairs de mémoire qui dévoilent des détails que j'aurais préféré laisser dans l'oubli.

Je ne peux m'empêcher de penser à mon père, cet homme au stoïcisme rigide qui avait fait le choix délibéré de balayer son passé comme on efface une erreur sur un tableau noir. Sa jeunesse, ses souvenirs d'enfance, tout était devenu une toile vierge. Je ne savais même pas à quoi ressemblaient ses parents, ni comment ils s'étaient rencontrés. Les détails de leur histoire étaient absents, comme effacés d'un coup de pinceau décidé. Papa avait choisi de ne conserver que ce qu'il jugeait utile pour avancer, éliminant tout le reste. Peut-être était-ce sa manière à lui de survivre à des blessures que je ne comprendrai jamais. Il vivait avec l'illusion que le contrôle absolu était la clé de son bonheur. Chaque aspect de sa vie était ordonné, chaque décision prise avec une précision quasi obsessionnelle pour maintenir cette illusion de perfection. Pourtant, cette façade était bien trop fragile, comme un château de cartes prêt à s'effondrer au moindre souffle. Et si, derrière ce contrôle maniaque, se cachait un homme terrifié par l'idée de se noyer dans ses propres souvenirs ?

Je me souviens de cette visite à son travail, un souvenir presque grotesque dans sa mise en scène. Papa était assis derrière son bureau, un trône en cuir noir parfaitement poli, plus décoratif qu'utile. Son sourire était radieux, presque enfantin, comme celui d'un gamin heureux d'avoir remporté un concours de dessin. Ses yeux brillaient d'une fierté que je trouvais à la fois dérangeante et risible. Il nous montrait cet espace comme un roi exhibant ses conquêtes, en se levant de son siège avec des gestes exagérés, ses bras grands ouverts. Chaque coin du bureau était désigné avec une sorte d'emphase théâtrale. Le bureau était un véritable monument d'une modernité clinquante, orné de surfaces en verre qui reflétaient la lumière artificielle de manière presque agressive. Tout était droit et aligné, chaque objet disposé méticuleusement, avec cette précision quasiobsessionnelle. L'endroit était tellement aseptisé que la moindre trace de poussière aurait été un affront à l'ordre cosmique. Papa se tenait là, rigide, dans cet environnement stérile, tel un héros de roman dans un royaume technologique. Mais sous cette façade de réussite, tout semblait prêt à s'effondrer, fragile comme du sable mouvant.

Je me souviens aussi de cette nuit, quelques jours avant son suicide. J'étais allongé dans l'herbe, les étoiles scintillaient au-dessus de moi. Je cherchais à me perdre dans l'immensité du ciel, sans encore comprendre les plaisirs de la régénérescence. Ce moment de contemplation était pour moi un refuge, une évasion, malgré l'absence de sensations intenses. Papa était arrivé près de moi d'une manière brutale, avec une irritation palpable.

« Que fais-tu ici ? » m'avait-il demandé, sur un ton tranchant. Ses mots avaient résonné en moi, m'irritant profondément. Je lui avais aussitôt répondu : « Je contemple notre univers. »

Sa réaction fut immédiate, un rire moqueur, presque cruel, comme s'il se jouait de mes aspirations les plus profondes. Ce rire, accompagné d'une moue hautaine, m'avait poussé à répliquer, ma colère explosant à la fin :

« Écoute papa ! Je suis assez grand pour admirer ce que je veux. Je ne sais pas qui je suis, je ne sais même pas si je suis moi... Mais je veux grandir et croire. Laisse-moi croire et admirer le ciel. Laisse-moi rêver. »

Ce qui me marque encore aujourd'hui, c'est le silence qui suivit, lourd, oppressant, chargé de significations. Papa était resté pensif, lui qui réagissait d'habitude avec une immédiateté presque trop tranchante. Ce silence, insupportable, semblait ébranler quelque chose en lui. À cet instant, je ne savais pas si mes mots avaient provoqué une fissure dans son monde ou s'il voulait m'imposer une vérité qu'il ne maîtrisait plus. Quand il parla enfin, ses mots furent brutaux, glacials, empreints d'une amertume que je ne pouvais alors que deviner : « Mes passions, tu dis… Ce ne sont que des bêtises ! »

Quand j'y repense, il avait prononcé cette phrase avec un mélange de mépris et de tristesse, comme s'il se battait contre lui-même pour éviter d'y croire.

À ce moment, il détourna le regard, et je crus percevoir un éclat de doute traverser son visage. Ce n'était qu'un instant, une faille dans son armure, mais elle était là. Il reprit, son ton plus acerbe, presque désespéré :

« La vie a un sens. Elle exige qu'on réussisse ! Il faut être prédateur, égoïste, borné, sinon on se fait marcher dessus. Les leaders, c'est souvent du vent… Mais nous devons être les leaders. Il faut avoir du pouvoir, et être rusé pour le conserver. Vivre, c'est travailler, gagner de l'argent, bâtir. Tout le monde n'a pas cette chance… Il faut vivre pour gagner, et gagner pour vivre, toujours gagner. »

Ses paroles pleines de certitudes implacables, résonnaient comme une déclaration de guerre contre ce que je commençais à considérer comme essentiel. Son monde était une arène où seuls le pouvoir et la réussite comptaient, écrasant tout ce qui contredisait cette vision. Sur le moment, je n'avais pas réagi, mais mon esprit était en proie à une confusion insupportable. Les valeurs qu'il portait me semblaient être une prison, broyant tout ce qui était beau et juste. Mon cœur battait à tout rompre, mêlant peur et colère dans une danse presque chaotique.

Ensuite, il s'est brusquement levé, comme arraché à ses réflexions. Il n'avait rien dit, mais son geste laissait penser que mes mots l'avaient touché. Peut-être avais-je réussi à lui murmurer, sans vraiment le dire, que contempler le ciel n'était pas un geste si inutile, mais un hymne discret à la liberté, un cri silencieux de révolte et de désir d'infini.

Aujourd'hui, alors qu'il n'est plus là, près de moi, une multitude de questions me hantent toujours, échappant à tout contrôle. Pourquoi ai-je ouvert cette boîte de Pandore ? Pourquoi ai-je eu le courage – ou la folie – de lui parler franchement ? À quel moment ai-je cru que mes petites révoltes et mes idées trop grandes pourraient changer quelque chose, ou pire, ébranler ce qu'il avait patiemment construit ? Je vois le résultat... Une culpabilité dévorante m'envahit désormais. Si j'étais resté silencieux, s'il n'avait pas été confronté à ces vérités que je pensais libératrices, serait-il encore juste ici, près de moi ? Peut-être aurait-il trouvé un autre sens à sa vie, une manière différente de poursuivre sa quête de contrôle et de réussite. Je m'en veux terriblement.

Mes mots n'étaient-ils que des flèches empoisonnées perforant son armure et révélant des failles qu'il préférait ignorer ? Peut-être qu'en préservant ses illusions, il aurait pu continuer à avancer. Mais à force de vouloir exposer ce que je croyais être des vérités essentielles, je l'ai peut-être précipité vers ce gouffre. Dans mon esprit venait de s'installer une sorte de culpabilité omniprésente, m'écrasant sous le poids de ce que j'aurais pu faire différemment. J'ai refusé de voir, ou peut-être choisi d'ignorer, à quel point cette confrontation avait pu le bouleverser. Et maintenant, je revis chaque instant, chaque mot laissé en suspens, amplifiés par ce prisme déformant du regret. Pourquoi n'ai-je pas vu les signes, ses signes ? Ses regards perdus, et la manière dont il s'accrochait à certaines phrases, comme s'il voulait me dire quelque chose.

Pourquoi ai-je cru que mes propres tourments étaient plus importants que les siens ? Je me sens comme l'architecte involontaire de cette tragédie, coupable d'un crime que je n'ai jamais voulu commettre. Chaque souvenir devient une cicatrice, une preuve accablante de mes manquements. J'aurais dû être celui qui écoute, qui comprend, qui tend la main. Les remords m'entraînent dans cette spirale infernale, un cycle ininterrompu de douleur et de regrets. Chaque pensée, chaque souvenir est une arme tranchante, me rappelant sans cesse combien j'ai échoué à comprendre et à aimer.

Et soudain, mon esprit me ramène à ce qu'il s'est réellement passé. Je me souviens de ce que mon père a prononcé en se levant pour rentrer dans la maison : « Réfléchis moins, tu t'en porteras mieux. »

Sur le moment, j'avais simplement haussé les épaules, comme le ferait un adolescent fatigué des conseils d'un parent. Mais je me demande encore si cette phrase n'était pas une confession masquée dans l'ironie. J'avais ressenti une étrange indifférence à ses paroles, comme si elles n'étaient pas réellement destinées à moi, mais à lui-même. Cette nuit-là, je m'étais endormi au son apaisant des grillons, bercé par une nature qui, elle, ne posait jamais de questions.

Le lendemain matin, à la cuisine, papa et maman m'attendaient, silencieux. Maman s'affairait à ranger la vaisselle, tandis que papa m'avait annoncé d'un ton glacial, qu'il fallait que je consulte un psychologue au plus vite. Sa voix, tranchante et expéditive, m'avait paralysé. Était-ce de la colère ? De l'impatience ? Ou bien… une manière maladroite de me dire qu'il s'inquiétait pour moi ? Je voulais croire qu'il m'aimait, qu'il voulait m'aider, mais ce jour-là, son regard m'avait glacé, encore plus que ses mots de la veille. J'avais l'impression d'avoir été réduit à un problème à résoudre, une erreur à corriger.

Il ajouta, d'un ton presque désinvolte, que ce serait maman qui devrait m'y emmener. Sa décision me laissait perplexe. Avait-il été si troublé par notre conversation qu'il n'avait trouvé d'autre solution que de m'envoyer chez un professionnel ? L'idée d'aller voir un psychologue m'effrayait, me laissant avec la sensation amère que papa voulait me « réparer », me rendre conforme à une certaine idée de la normalité. Cette décision m'apparaissait à la fois cynique et révélatrice de son incompréhension. Sur le moment, tout ce que je voulais, c'était hurler que je n'avais pas besoin d'un psychologue, mais d'un père. Depuis, papa n'est plus là...

66

Chapitre 5

Gloria victis
Gloire aux vaincus

Papa n'est plus là. Je pourrai ne pas aller à ce rendez-vous, et personne ne m'en tiendrait rigueur. Pourtant, un besoin presque inconscient me pousse à m'y rendre, comme si ça pouvait alléger le poids que je ressens.

Toujours englué dans une sorte de léthargie profonde, je me suis forcé à me traîner jusqu'au cabinet du médecin du conformisme, un nom qui me faisait frissonner.

En arrivant devant cet immense bâtiment, j'ai d'abord ressenti un soulagement, vite remplacé par une sorte de terreur. Une peur étrange, entremêlée d'une certaine indifférence ; ça rendait l'expérience encore plus glaçante. Comme si, au fond, je savais déjà que cette visite n'aurait pas d'importance, dans la mesure où je ne verrais cet homme qu'une seule fois dans ma vie. Pourtant, une peur irrationnelle grandissait en moi, inexplicable et persistante. Devant cette porte très imposante, presque grotesque dans sa grandeur, je me sentais minuscule. Cela m'a rappelé ce jour où, enfant, je m'étais caché sous la table après avoir brisé le vase préféré de maman. J'avais attendu, tremblant, qu'elle me trouve, ses bras croisés et son regard mi-sévère, mi-amusé. Cette porte provoquait en moi le même sentiment : elle m'accusait silencieusement, je n'avais nulle part où fuir. Elle semblait vivante, prête à m'engloutir, une gueule noire béante qui résonnait de reproches muets.

Une fois à l'intérieur, la porte se referma avec un claquement sec. Mes mains se mirent à trembler. Un robot impassible m'a accueilli, me soumettant à un questionnaire interminable, comme si ma simple existence devait être validée par quelques clics. Je me souviens avoir pensé : tout cela est faux, ils essaient encore de me formater ou de m'enfermer dans une boîte.

Il était quinze heures quarante. Le temps s'étirait, long et fade, comme un chewing-gum insipide. Mon rendez-vous était prévu à quinze heures quarante-cinq, mais la salle d'attente était bondée. Ça m'a fait rire, ce décalage absurde entre la vitesse d'un monde obsédé par l'efficacité et cette lenteur oppressante.

Autour de moi, les gens paraissaient calmes. Je regardais leurs visages : impassibles, comme s'ils cherchaient un chemin perdu depuis longtemps. Un chemin unique, celui qu'on leur avait tracé sans leur demander leur avis. Je me reconnaissais en eux, en quelque sorte. Égaré, à la recherche de je ne savais quoi.

Une femme, au bout, jouait nerveusement avec son bracelet. Ses doigts tremblaient à peine, mais suffisamment pour révéler son malaise. À côté d'elle, un homme au visage creusé fixait son écran sans vraiment le regarder. Ils semblaient si calmes, et pourtant, tout en eux criait une peur qu'ils n'osaient pas exprimer. Moi aussi, je portais cette peur. Je me suis surpris à penser à cette question banale : quelqu'un ici a-t-il encore la force de rêver ?

En même temps, je les enviais presque, tous ces visages tranquilles. Ils acceptaient de plier aux règles pour éviter d'être humiliés, rabaissés, effacés. Mais à quel prix ? J'ai fini par me demander ce qui pouvait bien se passer dans leur tête. Se disaient-ils, comme moi, qu'ils étaient en train de renoncer à quelque chose de vital ? Ou bien avaient-ils accepté que tout était déjà décidé pour eux ?

Je leur en voulais. Je leur en voulais de penser que ces séances pouvaient les remettre sur le droit chemin. Comme si réparer un esprit se résumait à appliquer une recette. Je pensais à ce médecin que je n'avais pas encore vu, ce soi-disant grand maître du conformisme. Ils le voyaient comme un dieu. Moi, je le percevais comme une menace. Et leur fascination aveugle m'inquiétait, parce que cette adoration silencieuse n'était pas seulement absurde, elle était dangereuse.

Seize heures cinquante. Mon attente prenait fin. Le médecin, un grand type au visage fermé, barbu et chevelu, m'a appelé dans son bureau. Une pièce sombre, presque lugubre, était éclairée par des bandes blanches qui semblaient vouloir masquer l'obscurité. Une mise en scène. Une façade pour dissimuler la vérité. Cette pièce, c'était l'enfer des idées, le paradis des normes. L'endroit parfait pour écraser toute tentative de rébellion.

Je m'assis face à lui. Sur son bureau, un aigle marbré me fixait. Son regard froid me mettait mal à l'aise, comme si tout ici était sous surveillance, comme si chaque pensée était scannée, décortiquée. Le médecin me demanda pourquoi j'étais là. Je ne savais pas quoi répondre. Alors, j'ai balbutié quelque chose sur mon père, sur cette foutue discussion avec lui qui m'avait laissé un goût amer.

« C'est à cause de lui », ai-je fini par lâcher. Mais l'homme ne m'écoutait pas vraiment. Il savait déjà pourquoi j'étais là. Tout le monde sait tout. Il répondit avec un sourire presque sadique, une sorte de pitié teintée de mépris. Puis, il commença son discours, un monologue interminable.

« Tu sais, mon jeune garçon, l'homme n'a jamais eu le temps pour les sentiments », a-t-il dit, comme si c'était une évidence.

Sa voix était monotone, mécanique. Il parlait de la vie en général, de cette société qui avait choisi de penser à notre place, pour nous éviter de gâcher nos propres existences.

« Trop de choix, tue le choix », répétait-il sans cesse. « Nous vivons dans un monde de vitesse et de violence. Réfléchir, c'est une perte de temps. »

Ses mots sonnaient creux, un écho vide dans une caverne sans fin. Il citait des humanistes pour se donner un air savant, mais tout cela n'était qu'un tissu de mensonges bien ficelé, une mécanique bien rodée, sans âme.

Je senti un rire nerveux monter en moi. Ce type parlait comme un politicien à la télévision, enrobant ses idées les plus sombres dans ses mots les plus doux, des phrases faussement rassurantes comme « mon jeune garçon ». Mais ça ne faisait qu'empirer les choses. Il continuait, imperturbable, à me vendre son monde parfait : un monde où l'homme n'a plus besoin de réfléchir, où tout était déjà décidé, où il suffit de suivre les ordres pour être heureux.

« C'est ainsi que nous serons heureux. Tu dois l'être aussi, sinon tes parents seront mécontents. Il le faut ! »

Une vague de dégoût m'envahit. Ce médecin ne croyait pas à ses propres mots, ou peut-être qu'il y croyait trop. Il avait renié tout ce qui, un jour, avait pu le relier à son passé, à ses valeurs, à son humanité. Un acteur répétant une pièce qu'il méprise, mais qu'il joue parce qu'il n'a pas le choix.

Je ne savais plus si je devais rire ou pleurer. Son discours, ce n'était rien d'autre qu'une propagande monstrueuse. Je ne pouvais plus l'écouter. Je me laissai envahir par mes pensées, des fragments de souvenirs qui jaillissaient comme pour me sauver : les rires étouffés avec papa, ses mains lourdes mais rassurantes sur mes épaules, ses regards pleins de non-dits. Je pensais aussi à maman, à sa manière de jongler avec ses émotions contraires, comme si elle pouvait, à elle seule, maintenir l'équilibre du monde.

Cette image me calma, un peu. Une douceur amère, mais réelle. Peut-être que la clé était là : accepter ses contradictions. Ne jamais se figer dans une seule manière de penser. C'était comme jouer un rôle, mais sans se laisser enfermer. Il fallait peut-être rester libre, même au cœur des contraintes.

Le médecin, assis devant moi, continuait encore et encore, sa voix mécanique s'élevant sans relâche.

« Tu sais, mon jeune garçon, la curiosité n'a pas sa place ici. Nous devons être productifs, efficaces. »

Mais je ne l'écoutais plus vraiment. Un étrange sentiment de liberté m'envahissait, presque en contradiction avec sa présence oppressante. Il voulait me conformer, me modeler à son image, mais je voyais clair dans son jeu : il cherchait à se protéger de ses propres peurs. Ses certitudes, trop parfaites, n'étaient qu'un fragile bouclier contre le chaos qui régnait en lui. Et, sans qu'il le veuille, il me faisait réfléchir. Ses mots vides, artificiels, me révélaient une vérité crue : sous son masque de contrôle, il n'était lui aussi qu'un homme brisé, tout comme papa. Tout comme moi.

Une vague de compassion inattendue me traversa, non pas pour lui, mais pour ce que nous étions tous devenus : des survivants d'un monde qui nous écrasait, chacun à sa manière. J'ai compris alors que ce système de normes et de règles, si rigide en apparence, était aussi fragile que mes souvenirs. Toute cette mascarade d'obéissance ne pouvait éteindre ce qui nous définissait vraiment : le doute, la peur, l'erreur, l'imprévisible.

Quand il m'a renvoyé en annonçant le prix exorbitant de cette séance ridicule, j'ai souri. Pas pour lui. Ce sourire était pour papa, pour maman, pour moi. Une promesse muette : je ne serai jamais ce que la société attend de moi.

En sortant de son bureau, je me suis retrouvé dans un long couloir blanc, étroit, où les néons fatigués vacillaient au-dessus de moi. Les murs, jaunis et suintants, semblaient vivants, comme s'ils absorbaient la vitalité des âmes qui passaient. J'avais l'impression d'être avalé par une bête monstrueuse née de nos peurs. Je marchais vite, sans but précis, mes pas résonnant dans ce silence oppressant. Autour de moi, d'autres silhouettes avançaient lentement, têtes baissées, comme des ombres grises presque vaincues. Personne ne se regardait. Un grand ballet silencieux de fantômes.

Une colère sourde montait en moi, encore et encore. Je voulais hurler, leur dire de se réveiller. Ma voix restait bloquée. Qui étais-je pour les juger ? Moi aussi, je n'étais qu'une ombre parmi les ombres. Dans ce couloir, chaque pas semblait m'éloigner un peu plus de moi-même, comme si je laissais derrière moi une partie de ce que j'étais.

Une douleur me traversait désormais, nichée dans un endroit de mon être que je n'avais pas encore exploré. Ce n'était pas une douleur brutale, mais une fissure qui s'élargissait lentement. Plus je marchais, plus elle devenait insupportable. J'ai repensé à ma mère, et à sa manière de transformer la douleur en force. Elle disait souvent que : « Même les tempêtes finissent par passer. » Elle avait ce don étrange de rendre la douleur supportable, presque belle, comme si elle voyait dans chaque fissure une ouverture vers la lumière.

Et puis, une pensée m'a frappé à nouveau : et si cette douleur était nécessaire ? Si ce déchirement n'était pas une fin, mais un début ? Peut-être fallait-il laisser mourir cette partie de soi pour en découvrir une autre, plus vraie, plus libre. Mais à quel prix ? Je ne savais pas si j'étais prêt à le payer. Pourtant, je savais que c'était inévitable. Une part de moi résistait, désespérée ; une autre commençait à comprendre que toutes ces failles, ces fissures, n'était pas ma fin. Peut-être étaient-elles l'ouverture vers quelque chose de plus grand. Vers moi-même.

Cette douleur était presque devenue un compagnon sombre et impitoyable, qui me guidait dans ma propre métamorphose. Et bien que tout en moi hurlât de l'arrêter, une petite voix, presque inaudible, murmurait que c'était là la voie vers la liberté.

Quand je suis sorti du bâtiment, la chaleur accablante de la ville m'a frappé de plein fouet. Elle m'a d'abord engourdi, étouffé. J'ai levé les yeux vers le ciel, vers cet immense vide uniformément gris. Ce paysage n'avait rien de réconfortant, mais il portait une sorte de vérité brute qui semblait s'adresser à moi. Je repensais à tous ces discours sur l'ordre, sur la conformité, sur cette tyrannie douce qui s'insinue dans chaque recoin de nos vies sans que l'on s'en aperçoive. Le médecin disait que c'était pour notre bien, mais je savais que c'était un mensonge. Un mensonge qu'il se répétait à lui-même pour ne pas sombrer.

Je ne voulais pas de cette vie, une vie où tout était prévisible, mesuré, contrôlé. Je voulais sentir le vent de l'incertitude, même s'il était glacial et tranchant. Je voulais pouvoir me tromper, tomber, et me relever. Peut-être que la vraie liberté se trouvait là, dans l'acceptation de l'échec, du doute, dans cette capacité à dire non, même quand tout autour de nous pousse à dire oui.

Perdu dans mes pensées, j'ai erré sans but dans les rues du quartier. Chaque recoin semblait raconter une histoire, une lutte silencieuse entre ce qu'on nous impose et ce qu'on désire vraiment. Les visages que je croisais n'étaient plus aussi anonymes qu'hier, ni même qu'avant-hier. Ils portaient tous cette même marque de fatigue, ce poids invisible.

J'ai repensé à cette phrase du médecin, « Tu dois l'être aussi, sinon tes parents seront mécontents. Il le faut ! » Comme si le bonheur pouvait se décréter, se dicter comme une obligation. Quelle absurdité.

Je me suis arrêté devant une vitrine où des mannequins affichaient des sourires artificiels. Leur perfection factice m'a presque donné la nausée. Mon regard a accroché mon propre reflet dans la vitre. Ce n'était pas le visage que je connaissais, celui d'avant. Avant quoi ? Je ne savais même plus. Dans mes traits, je voyais toujours cette fatigue profonde, mais aussi une flamme, un éclat ténu, comme un souvenir lointain de l'enfant que j'avais été, celui qui rêvait encore d'autre chose.

J'ai repris ma route, sans vraiment savoir où j'allais. J'étais en colère, oui, mais c'était une colère vivante, vibrante. Elle me rappelait que j'étais encore capable de ressentir, de m'indigner, de désirer autre chose. En m'éloignant de ce médecin, de ce monde aseptisé, j'avais l'impression de retrouver une part de moi que je croyais à jamais perdue.

Peut-être qu'il y avait encore de l'espoir, quelque part dans ce chaos. Peut-être qu'il suffisait de refuser, de se tenir debout face à l'absurde, même quand tout semblait perdu. Peut-être qu'il suffisait juste de continuer à avancer, tête haute, même au cœur des ténèbres les plus profonds.

Chapitre 6

Ama et fac quod vis
Aime et fais ce que tu veux

Le 859ème jour se lève. Je me réveille avec une confusion troublante, une douceur inattendue flottant dans l'air. Plusieurs heures se sont écoulées depuis la mort de mon père, et pourtant, quelque chose d'étrange s'éveille en moi. En ouvrant les yeux, je m'attendais à retrouver ce poids sur ma poitrine, cette lourdeur familière qui m'accompagne depuis plusieurs jours. Mais il n'en était rien.

À la place, une étrange légèreté m'envahit, presque comme si une fenêtre s'était ouverte dans mon esprit, laissant entrer un souffle nouveau. Mes lèvres esquissent un sourire – furtif, maladroit. Je ris doucement, surpris par ma propre réaction. « Qu'est-ce qu'il m'arrive ? » avais-je murmuré doucement en fixant le plafond, partagé entre l'inquiétude et le soulagement.

C'est inconcevable, ce sentiment de légèreté au milieu de la douleur. Mon esprit, encore encombré de tristesse, est traversé par une clarté inattendue. Une brise douce qui entre par la fenêtre, portant avec elle une promesse de renouveau. Ce souffle contraste violemment avec le poids des émotions des jours passés. Je me demande si cette joie naissante est un signe sincère ou si elle n'est qu'un mirage, une trêve éphémère dans le chaos.

Les jours précédents n'étaient qu'un enchaînement d'ennui et de douleur. Chaque matin ressemblait au précédent, chaque instant était un miroir du désespoir. Mais aujourd'hui, allongé dans ce lit, une euphorie discrète commence à m'habiter. Je suis à la fois émerveillé de tout et terrifié par cette transformation. Cette joie nouvelle, bien que fragile, ressemble presque à une trahison de ma douleur, un paradoxe que j'ai du mal à accepter. Le goût amer du chagrin semble s'effacer peu à peu de mes lèvres, remplacé par une douceur délicate. Je sens cette boule de plomb dans mon ventre se dissoudre, comme si le poids invisible qui m'étouffait depuis si longtemps s'était évaporé. Les sons de la maison, la lumière du soleil filtrant à travers les rideaux… tout semble soudain plus vibrant, plus réel.

Je ferme les yeux, laissant cette lumière inattendue envahir mon être. Une impulsion irrésistible me pousse à me lever, à sortir de cet état d'immobilisme. Je réalise que je ne veux plus rester enfermer, ni dans ce lit, ni dans cette routine stagnante. Cette lumière, timide mais persistante, me pousse à poser les pieds au sol. « Peut-être que cette journée marque un tournant », me dis-je en me levant doucement, comme si chaque mouvement participait à une renaissance.

Ce souvenir d'un plongeoir à la piscine avec mon père me traverse soudain l'esprit. « Tu verras, ça fait peur, mais après, c'est incroyable », m'avait-il dit. À l'époque, je l'avais cru. Aujourd'hui, je fais face à un autre plongeoir, bien plus effrayant, mais l'idée qu'il puisse avoir raison m'effleure. Alors, comme ce jour-là, je prends une grande inspiration. Mes muscles se réveillent avec moi, mes doutes s'enserrent une dernière fois, tentant encore de me convaincre qu'il est plus simple de rester immobile. Mais une force profonde, inébranlable, m'appelle à avancer.

Cette joie nouvelle, si inconnue encore, m'attire. L'accepter signifie laisser derrière moi la sécurité inconfortable de ma tristesse, de ma douleur. Mais à cet instant, je comprends que je ne peux pas rester figé dans cet état éternellement.

Je regarde l'horizon à travers la fenêtre de ma chambre – cet espace où la lumière se fraie un chemin à travers les fissures de mon esprit. Elle éclaire des parties de moi que je n'osais pas regarder. Insistante mais douce, cette lumière m'invite à dire « oui » à la vie.

Ce précipice n'est plus un gouffre menaçant ; il devient une invitation. Je réalise que ce n'est pas la chute qui m'effraie, mais l'élan, le saut lui-même. Et dans cet instant, je dis : « Oui. » Oui à cette lumière, oui à cette joie. Oui à ce renouveau qui m'attend. Alors, je choisis de vivre.

Quand je suis monté dans le bus, j'ai hésité une seconde avant de m'asseoir. Un garçon, peut-être un peu plus jeune que moi, a levé les yeux de son téléphone pour me sourire. Ce n'était pas extraordinaire, juste un sourire simple, presque automatique. Mais pour une raison qui m'échappe, ce petit geste a brisé quelque chose en moi. Instinctivement, je lui ai rendu son sourire – maladroit, sans doute – mais ça m'a fait du bien. Peut-être que ce n'était pas juste la journée qui changeait, mais moi aussi.

Les bruits familiers du moteur et des conversations étouffées autour de moi, semblaient apaisants, pour une fois. Ils tordaient un sourire imperceptible sur mes lèvres, un sourire que je sentais éclore de l'intérieur. Et une chaleur réconfortante m'envahit, comme si ce bus, avec ses secousses familières et ses odeurs d'usure, devenait un symbole de résilience et de stabilité. Le trajet a inhabituellement filé si vite que, presque sans m'en rendre compte, j'étais déjà à l'École.

En m'installant devant mon écran, une curiosité vive, presque palpable, s'empare de moi. Une sorte d'alchimie étrange se forme, mêlant fébrilité et contentement. Ce contraste entre l'inconfort d'hier et cette nouvelle acceptation m'enveloppe à nouveau d'une douceur inattendue, comme si je découvrais pour la première fois la beauté cachée dans les routines les plus banales.

Je fixe l'écran noir et une sorte de lutte intérieure se déploie. La lumière blafarde de l'écran, autrefois source d'angoisse, devient une révélation. Cette machine, que je percevais comme une prison, s'ouvre à moi comme une porte d'entrée vers des possibilités insoupçonnées. Mon angoisse se mêle à une curiosité grandissante, comme si chaque tentative d'appuyer sur le bouton était une exploration vers un mystère profond de notre monde. Petit à petit, cette machine ne cesse d'être mon ennemie. Elle devient un partenaire dans un voyage complexe, une passerelle vers une compréhension plus riche du monde. Ses imperfections, ses limites, se transforment en opportunités, en véritables ponts vers des expériences nouvelles.

Mes erreurs passées défilent dans ma tête, tel un mauvais film. Des souvenirs parfois honteux, mais curieusement réconfortants : au moins, je savais que j'avais survécu au ridicule.

Une chaleur, celle de cette curiosité renaissante, m'envahit et m'offre un réconfort inattendu. Ce moment, en apparence banal, se transforme en une œuvre où chaque détail, chaque ombre, contribue à composer une fresque vibrante et complexe.

En tournant la tête, je regarde mes camarades. Nos regards ne se croisent pas, mais je ressens une affection étrange et inédite. Comme si, sans un mot, leur simple présence illuminait la pièce. L'un d'eux éclate de rire. Son rire, clair et spontané, résonne comme une mélodie joyeuse dans cette symphonie ordinaire.

Mon cœur bat plus vite. Non pas par nervosité, mais par admiration, presque de la gratitude. Ce rire est une déclaration de vie, une affirmation de la joie dans un monde sombre et désespéré.

Je souris, légèrement, presque malgré moi. Ce sourire naît d'une résistance joyeuse, comme si la brume lourde et pesante qui m'enveloppait jusqu'ici se dissipait enfin pour laisser place à un ciel plus clair.

En sortant dehors, cette vitalité imprègne chaque fibre de mon corps. Je regarde mes amis avec une admiration renouvelée, comme si chaque détail de leur présence devenait plus vibrant et significatif. La lumière du jour semble plus éclatante, chaque couleur plus vive. Leur présence est une source de chaleur, un baume pour les douleurs du quotidien.

En les rejoignant, je ressens une énergie nouvelle, presque euphorique. Chaque pas que je fais, est empreint d'une assurance douce, une conviction que ces moments partagés sont précieux et pleins de promesses. Leur compagnie devient une célébration, un rappel que chaque instant est une opportunité de trouver de la joie et de la beauté. Cette nouvelle force me permet de voir le monde avec des yeux plus clairs, à embrasser chaque instant avec une joie renouvelée. Cette perspective m'apporte une sensation de paix et de contentement, comme si chaque jour était une chance de célébrer la vie dans toute sa richesse et sa complexité. Le monde devient soudain un terrain fertile pour l'appréciation et l'émerveillement, et chaque moment devient une opportunité de vivre pleinement et joyeusement.

La sonnerie de l'école résonne soudain dans la cour comme un coup de marteau enfonçant un clou dans une prison invisible. J'abandonne mes amis avec une lenteur presque cérémonieuse. Mon corps semble vibrer d'une intensité que je n'avais jamais connue. Cette chaleur douce qui se répandait à travers moi me rappelle que, malgré tout, il reste encore des trésors dans ce quotidien plutôt plat.

Lorsque je regagne ma place habituelle dans la salle, je sens une satisfaction profonde, comme si je portais en moi une source d'énergie inépuisable. Le sentiment d'avoir trouvé des réponses à des questions qui m'avaient tourmenté, était à la fois apaisant et exaltant. Cette fois, j'allume cet écran sans difficulté et une curiosité piquante m'envahi. Le texte du cours s'insinue en moi. En contemplant ces nouvelles idées, j'y vois mon reflet, presque admiratif de ce travail que je suis en train de faire sur moi-même, au plus profond. Cette longue introspection est une libération me permettant de ne pas rester figé dans une image qui pourrait devenir trop dangereuse ou obsolète. Et en réfléchissant à tout ça, je pense à papa ; à ce qui aurait pu l'aider ou le libérer des œillères qui ont limité sa vision du monde jusqu'à son départ.

Je dois avouer qu'hier, en sortant de chez de médecin, je ne pensais pas pouvoir dire combien ce 859ème

jour me transformerait à jamais. Ni combien cette énergie nouvelle, plus noble et plus éclatante, me permettait de me sentir et de me comprendre moi-même. Désormais, je me trouve presque réticent à l'idée d'éteindre cet écran, impatient de découvrir ce que les vidéos suivantes pourraient m'apporter. Cette journée devient un trésor, le temps d'accéder à mon moi intérieur. Je suis contemplatif, admiratif. Il y a même cette tranquillité inhabituelle dans mes mouvements. Pour une fois, je n'étais pas pressé, et cette lenteur me semblait étrangement libératrice.

En sortant de l'École, le monde extérieur s'est dévoilé à mes yeux avec une véritable splendeur. Chaque détail, chaque souffle de vent semblait plus vivant, plus vibrant. Il y avait dans l'air une légèreté, une clarté qui m'a immédiatement submergé. J'ai senti une vague d'émotions monter en moi, presque impossible à contenir. Chacun de mes pas, chacune de mes respirations, semblait s'accorder à cette harmonie mystérieuse qui émanait du monde. Je marchais lentement, presque inconscient, comme attiré par quelque chose de toujours plus grand que moi.

En m'approchant, j'ai aperçu un vieil homme, penché sur son clavier, les yeux clos. La musique qu'il jouait n'était pas parfaite ; parfois, une note fausse s'immisçait, mais elle rendait tout ça plus réel. Je me suis arrêté près de lui, incapable de partir, mes deux pieds fixés dans le sol. Lorsqu'il a levé les yeux, il a souri. « Veux-tu essayer ? », m'a-t-il demandé, sa voix un peu rauque. J'ai secoué la tête, mais quelque chose dans ses mots est resté en moi. Peut-être que sa musique n'avait pas besoin d'être parfaite pour être belle. Chaque accord frappait mes sens avec une force douce et pénétrante. Sans même m'en rendre compte, j'ai fermé les yeux moi aussi. La musique me portait, chaque note devenait une vibration qui résonnait en moi. Il y avait dans cette mélodie quelque chose de profondément intime, presque sacré. Chaque son me touchait, comme si le pianiste connaissait toutes mes parties enfouies, mes souvenirs cachés. Et soudain, les souvenirs de mon père ont afflué un à un, telle une cascade d'émotions intenses, incontrôlables. Chaque note effleurait un coin oublié de ma mémoire, réveillant des instants passés que je croyais perdus. Je pouvais presque sentir sa présence à côté de moi, sa main sur mon épaule, alors que la musique continuait de me bercer, de m'envelopper. Mon cœur battait au rythme de la mélodie, une sorte de synchronisation parfaite entre l'art, la mémoire, et la vie elle-même. C'était comme si le temps s'était arrêté, suspendu dans cet instant de pure beauté, et que tout ce qui existait se réduisait à cette musique et à lien invisible mais puissant avec mon père.

J'ai repris une marche lente, enveloppé dans cet état d'émerveillement, flottant entre deux réalités. Devant moi, le coucher de soleil s'étirait à l'horizon, et les couleurs semblaient se déployer avec une intensité presque surnaturelle. Des nuances d'or, de pourpre et d'orange se mêlaient, créant un tableau vivant qui inondait le ciel d'une lumière chaude et enivrante. Il y avait quelque chose d'hypnotique qui me captivait.

Je me suis arrêté une fois de plus, incapable de détourner les yeux. Le monde tout entier semblait baigné dans cette lumière douce, comme s'il était enveloppé d'une couverture protectrice. J'ai senti une chaleur m'envahir, comme une douce étreinte invisible. Le temps n'existait plus. C'était juste moi, ce coucher de soleil, et cette musique douce qui continuait d'habiter mes pensées.

En baissant les yeux, une scène s'est dessinée devant moi : un père, assis sur un banc, tendait un bracelet à sa fille. Elle le regardait, rempli d'une joie éclatante et palpable, comme si cet instant était le plus important de sa vie. Cette scène m'a frappé en plein cœur. Il y avait dans l'échange quelque chose de si pur et de si sincère. Le sourire du père, la fierté qui illuminait son visage, m'ont touché telle une décharge électrique, réveillant en moi un flot d'émotions si réconfortantes. J'ai souri à nouveau sans même m'en apercevoir, absorbé par la beauté simple de cet instant. Je me suis surpris à penser : depuis quand ces moments sont-ils devenus si rares ?

Juste à côté de moi, un autre père lisait un livre à son petit garçon. Ils étaient blottis l'un contre l'autre, partageant un moment de calme et d'amour. Le garçon écoutait attentivement, ses petits doigts agrippant la manche de son père, cherchant peut-être une sécurité dans ce geste simple. Il y avait dans cette scène une intimité qui m'a bouleversé. J'ai senti mes yeux se remplir de larmes, non pas de tristesse, mais d'une sorte d'admiration pour ces moments fugaces, ces instants où tout semble à sa place, et où la vie retrouve sa douceur et sa simplicité.

Chaque scène de cette journée m'ouvrait à toute la beauté et la bonté qu'il y avait encore dans notre monde. La chaleur des relations humaines ressortait enfin, je l'avais vu. La pureté des moments partagés, chaque sourire, chaque regard échangé m'a rappelé que la vraie richesse de la vie réside dans ces instants simples mais significatifs. L'émerveillement que je ressentais était si intense qu'il frôlait presque la folie, une extase qui commençait à m'envahir peu à peu, au plus profond de moi.

Ces instants m'ont fait réaliser que les plus grands trésors se cachent parfois dans les détails les plus simples, et que la folie de l'émerveillement est la voie vers une compréhension plus profonde de soi-même.

Alors que je savourais encore la douceur de cet instant, deux silhouettes sombres s'avancèrent. Les policiers. Leur démarche était méthodique, implacable, comme un couperet. Une boule se forma dans mon ventre, non seulement à cause de leur présence, mais parce qu'ils incarnaient exactement ce que je redoutais : la fin de ce moment de grâce, la brutalité du système face à la délicatesse de cet instant. Je compris qu'ils étaient là pour moi, mais une partie de mon esprit semblait nier cette vérité. Leur approche était implacable et rapide. Avant même que j'aie eu le temps de réaliser ce qui se passait, l'un d'eux avait déjà passé une menotte à mon poignet. Devant tous les passants, je marchais avec une sorte de résignation étrange.

Avant de monter dans cette voiture de police, je pris un moment pour regarder le monde une dernière fois, comme si je savais presque ce qui allait se passer. Je laissai mon regard errer et mes narines absorber les parfums enivrants des fleurs et des bonnes odeurs du quartier. Une brise douce effleurait ma peau, et ce dernier souffle de liberté était empreint d'une beauté poignante. Alors que l'on venait de me menotter, un sourire étrange se dessina sur mon visage, encore, peut-être le dernier. Je repensai à ce que je venais de sentir. Peut-être que notre véritable rébellion, c'était celle d'aimer profondément et sincèrement.

L'un des policiers, sans même me regarder, m'informa d'un ton froid que ma mère était déjà en prison. Il ajouta, presque mécaniquement, que nous allions être jugés ensemble. Pas pour un meurtre, pas pour un vol, mais pour un crime bien plus insidieux à leurs yeux : celui de m'avoir bien éduqué. Cette phrase me frappa comme un coup de tonnerre. M'avoir bien éduqué... était-ce là le pire affront que l'on pouvait faire à leur monde ? Je revoyais les gestes de maman, simples mais porteurs de sens. Cette façon qu'elle avait de m'encourager à poser des questions, à regarder bien au-delà des apparences. Était-ce précisément cette éducation, ce « crime », qui m'avait permis de me réveiller, de ressentir à nouveau, de voir la lumière derrière le brouillard ? Je comprenais maintenant que mon vrai crime, celui pour lequel on était venu me chercher, n'était pas d'avoir désobéi. C'était d'avoir pensé. Penser était la pire des transgressions. C'était ébranler la façade parfaite qu'ils s'efforçaient de maintenir.

Le policier me poussa brusquement en avant, rompant le fil de mes pensées. La porte se referma sur moi. Le contraste entre la révolte et l'acceptation, ou plutôt entre la colère et l'admiration, créait une confusion délicieuse dans mon esprit. Je sentais l'absurdité de cette situation, mais je ne pouvais m'empêcher de trouver une paix étrange et encore indicible. La force qui m'avait aidé à voir le monde différemment me permettait d'embrasser la vie dans toute sa complexité. En regardant à travers cette petite fenêtre teintée de la voiture, je réalisais que, même dans les circonstances les plus dramatiques, il y avait de la beauté à trouver, une opportunité de voir la vie sous un angle nouveau. Je criais de joie pour la première fois avec une telle intensité que le monde autour de moi s'arrêta subitement, me permettant de laisser couler cette larme qui était resté bloquée dans ma paupière jusqu'à cet instant.

88

Chapitre 7

Major e longinquo reverentia
De loin, l'admiration est plus grande

Assis là, dans cette voiture, je n'avais plus qu'à contempler l'agitation du monde extérieur, comme si je l'observais à travers un voile. Une fois encore, je me sentais incapable de m'y connecter vraiment. Tout semblait flou, tel un grand tableau impressionniste dont les détails s'effaçaient progressivement sous mes yeux. La sirène de la voiture de police hurlait dans la nuit, se fondant dans un bruit de fond indistinct, presque étouffée par l'épaisseur des vitres qui me coupaient du monde. Ce monde que je venais à peine de frôler et de découvrir, m'échappait déjà.

Des pensées parasites s'étaient infiltrées dans mon esprit sans que je parvienne à les ordonner, telle une maladie insidieuse rongeant mon être. Les lumières clignotantes projetaient des ombres vives sur les murs de la ville, mais elles ne parvenaient pas à percer la pénombre qui s'étendait en moi. Le monde continuait de tourner à toute allure, alors que moi j'étais figé, englué dans une torpeur oppressante.

La vitre brouillait tout. Les visages des passants devenaient des formes presque indistinctes, réduits à de simples silhouettes dans ce décor urbain défilant trop vite pour que je puisse en saisir la moindre substance. Ce monde, m'était à nouveau devenu étranger. Rien n'avait plus de sens. Un mécanisme, fragile et hésitant, s'était à nouveau brisé en moi.

Et puis, il y avait ce crime dont on m'accusait. Ces ombres qui planaient, lourdes, pesant sur mes épaules comme une vérité insoutenable. Était-ce vrai ? Était-ce possible ? Avais-je vraiment commis ce mal qu'on me reprochait, ou n'était-ce qu'une illusion, ou une distorsion perverse de la réalité ? Je ne savais plus. Mon esprit vacillait, incapable de distinguer la vérité du mensonge, le réel du cauchemar. Mais plus que tout, c'était cette sensation de vide qui m'engloutissait, cette impression que l'existence elle-même s'effaçait sous mes pieds, me laissant seul face à l'abîme.

La voiture d'arrêta. L'un des policiers ouvrit brusquement la porte et agrippa mes menottes. Sans un mot, il me traîna à travers le commissariat, sous les regards silencieux d'inconnus, exposé à leur jugement muet. J'avançais, tel un criminel enchaîné, sans même savoir de quoi j'étais vraiment coupable.

En arrivant dans la cellule, on m'installa sur ce bloc de pierre, dur et inconfortable. Scrutant lentement cette pièce sombre de trois mètres carrés tout au plus, mon regard croisa celui de maman. Elle était là, juste en face de moi. Et pourtant, elle semblait si loin. Son corps était présent, mais son esprit était ailleurs, perdu dans un endroit que je ne pouvais ni comprendre ni atteindre.

Il fut un temps où ses yeux débordaient de vie. Elle me réveillait avec ce sourire tendre, un café chaud à la main, et ce regard si particulier, mélange d'amour presque infini et de cette inquiétude propre aux mères. Je me souviens encore de nos rires étouffés, presque complices. Mais aujourd'hui, tout cela appartient à une autre vie, une existence que je ne reconnais plus. Son visage est désormais figé, pétrifié, vidé de la moindre étincelle de chaleur.

Je revois encore ses yeux perçants à l'enterrement de mon père : si pleins de douleur, et pourtant vivants. Mais maintenant, ils ne reflètent que le vide, comme si toute émotion, et toute trace d'humanité s'était évaporée. Elle ne parle pas. Elle ne bouge pas. Elle ne pleure même pas. Rien. Comme si la mort de papa avait emporté une partie d'elle-même, une part essentielle que je ne retrouverai jamais. Et soudain, une vérité glaçante m'envahit : je ne l'avais jamais vraiment comprise. Que savais-je de toutes ses peurs, de ses rêves, de ses regrets ? Peut-être que nous n'avions jamais véritablement partagé quoi que ce soit de profond. Cette pensée me terrifiait.

À côté d'elle, un homme ivre était affalé sur le banc. Il dormait, profondément. Il ne semblait pas sentir le froid, ni l'odeur rance qui flottait dans l'air. Il était déconnecté, loin du monde, ailleurs. Il n'avait rien à voir avec nous je crois, mais... je ne sais pas, sa présence, elle m'a marqué. C'était comme si cet homme représentait quelque chose que je n'arrivais pas encore à formuler.

Je l'ai regardé. Longtemps. Son corps, lourd et fatigué, ses mains tremblantes, ses vêtements froissés et abîmés... Il était là, prisonnier de cette cellule comme nous, mais lui semblait complètement absent. Peut-être qu'il préférait ça, ne pas être là. Peut-être que c'était plus simple de s'éteindre, un peu, plutôt que d'affronter tout ce vacarme.

Et ce silence... ce silence pesant, il me broyait de l'intérieur. Lui, maman et moi. On était trois, mais c'était comme si on était seuls, chacun perdu dans son coin. Cette solitude-là, elle me serre le cœur. Elle me rappelle les nombreuses fois où moi aussi parfois, je me coupe des autres, du monde. Par peur, je crois. Parce que c'est plus facile de se barricader, et de se dire que rien ne compte vraiment. Mais est-ce que c'est vrai ?

L'homme a bougé, juste un peu. Puis, ses yeux se sont ouverts, deux fentes, troubles et fatiguées. Il a croisé mon regard vide. C'était étrange. Je ne sais pas si c'était de la pitié ou juste du vide, mais ça m'a frappé une fois de plus. Il y avait quelque chose dans ses yeux, comme un reflet de ce qu'il m'arrive de ressentir parfois, tous ces jours où j'ai l'impression de traîner un poids qui n'est pas vraiment à moi.

« Tu sais, gamin », a-t-il murmuré d'une voix rauque, « la vie, c'est une sacrée blague. Tu crois que t'as le contrôle, mais t'as rien. »

Ses mots, ils sont restés suspendus dans l'air. Durs, mais vrais. Ça m'a fait mal de l'entendre, parce que quelque part au fond de cette cellule, je savais qu'il disait juste. Mais ce qui m'a le plus surpris, c'est que, pour une fois, je n'ai pas détourné les yeux. D'habitude, je fuis ce genre de truc. Ça me fait trop peur de regarder en face tout ce qui va mal.

En regardant un à un les quatre murs sombres et humides, je me rends compte que maman et moi, on est un peu comme lui, je crois. Pas au même point, bien-sûr, mais... on est abîmés, nous aussi. On fait de notre mieux pour tenir le coup, mais parfois, je sens qu'on se cache derrière des sourires, derrière des mots. Et je me demande si c'est ça, la vie : essayer de recoller les morceaux sans vraiment y croire.

Le monde, il est cassé, non ? Les gens vivent les uns à côté des autres, mais ils ne se regardent pas, ils ne se parlent pas vraiment. Tout semble si fragile, si vide. C'est comme si on faisait tous semblant d'être forts, alors qu'au fond, on est juste… perdus. Je suis perdu. Ce matin encore, je pensais que tout ce qu'il fallait, c'était ouvrir les yeux, voir les choses comme elles sont. Essayer d'aimer, pour une fois. Voilà que je me retrouve en prison. Et je me sens encore plus paumé. Peut-être que voir les choses, ça ne suffit pas. Peut-être que ça fait juste plus mal que de les ignorer.

Et pourtant, je continue. J'ai besoin de continuer encore et encore. Parce que je sens que si je m'arrête, si je fais semblant comme tout le monde, je sais que je vais m'écrouler. C'est pour ça que je réfléchis, que je vous parle. C'est ma manière de me protéger, je crois. De me dire que je peux encore trouver quelque chose qui a du sens.

Je regarde cet homme ivre, affalé sur son banc, je ressens cette chose que je n'arrive toujours pas à expliquer. Il me fait peur, c'est sûr. Il est comme un miroir tordu qui me montre une version de moi que je ne veux pas devenir ; ce que je pourrais finir par être si je venais à baisser les bras. Mais en même temps, il me touche. Parce que je vois bien que lui aussi, il a dû se battre. Peut-être qu'il n'a pas tenu, peut-être qu'il s'est perdu en route, mais je crois qu'il a essayé. Il me montre autre chose aussi : que c'est humain d'être cassé, d'être fatigué. Peut-être qu'il suffit d'essayer, même si c'est maladroit, et même si c'est difficile.

C'est drôle, mais en le regardant, je sens un truc. Une révolte, petite, timide, mais bien là, en moi. Pas une envie de tout changer d'un coup, non. Juste une envie de ne pas laisser ce monde me broyer. Une envie de faire quelque chose de différent, même si c'est petit, même si ça va à contre-courant.

Parfois, j'ai l'impression de ne pas être fait pour ce monde. Tout va trop vite, tout est trop bruyant. Et moi, je suis là, et je regarde. Et plus je regarde, plus je ressens ce vide, cette espèce de malaise que j'ai du mal à expliquer. Je me demande si d'autres le sentent aussi, ou si c'est juste moi. Peut-être que je suis trop sensible. Trop... naïf. Papa me disait toujours : « Paul, tu penses trop ». Il avait sûrement raison en fin de compte. Mais penser, c'était tout ce que je savais faire, tout ce que maman m'avait appris à faire.

Ça me terrifie, ce vide. Alors je me raccroche à des pensées, des petites vérités que je me répète pour ne pas sombrer. Comme l'idée que, peut-être, on peut encore choisir. Choisir de faire un peu mieux. Juste essayer de voir ce qui compte vraiment. Et je me dis que si j'arrive à ressentir quelque chose, c'est que je ne suis pas complètement perdu.

Ce matin encore, je me suis surpris à esquisser des sourires, sans même m'en rendre compte. Je me suis surpris à envier cette simplicité, cette joie qui n'avait besoin de rien pour exister. Je crois que c'est ça que je recherche : quelque chose de simple, de vrai.

Mais est-ce que c'est encore possible ? Dans ce monde où tout est superficiel, où tout doit être parfait, lisse et calculé ? Je ne sais pas. Je ne suis qu'un gamin, après tout. Peut-être que je me trompe complètement. Mais au fond de moi, je sens que j'ai raison. Pas sur tout, mais sur l'essentiel. J'ai vraiment l'impression qu'on a oublié ce que c'est que d'être humain, de ressentir vraiment. Moi, je ne veux pas oublier. Pas encore. Même si ça fait mal. Je veux rester ouvert. Je veux croire.

Peut-être que ce que je raconte n'a aucun sens. Peut-être que je me protège en me répétant toutes ces choses. Mais c'est la seule manière que j'ai trouvée pour avancer. Pour ne pas me laisser emporter par ce vide qui me fait si peur.

Cette cellule, elle est étroite, sombre, et glaciale. C'est tout sauf un endroit où je voudrais être. Mais, bizarrement, c'est là que je commence à comprendre des choses. Des choses que je n'arrivais pas à voir dehors, quand tout allait trop vite et qu'il y avait trop de bruit, trop de distractions. Il n'y a ici rien d'autre que la vérité brute, exposée sans masque. La cellule, dépouillée de tout artifice, réduit l'existence à sa plus simple expression : quatre murs froids, une obscurité oppressante, un silence lourd. Pourtant, dans cette privation, quelque chose de nouveau émerge peu à peu dans mon corps et dans mon esprit. L'absence de distractions, de bruit, de lumière, des éléments qui, d'ordinaire, m'éloignent de moi-même, ouvre un espace inattendu pour ma réflexion. Les murs deviennent des miroirs qui me renvoient inlassablement à mon propre visage, à mon propre esprit. Il n'y a plus de fuite possible, plus d'excuses. Enfermé là, je réalise qu'il n'y a plus d'issue pour éviter cette confrontation avec moi-même. Dans cette obscurité, mes pensées deviennent plus nettes, plus tranchantes, comme si l'absence de lumière extérieure forçait cette lumière intérieure à briller avec une plus grande intensité. Les questions existentielles que je peinais à saisir jusque-là émergent une à une, impossibles à ignorer. Je suis seul, et chaque silence m'invite à aller plus loin dans cette quête de sens. Cet endroit devient alors le symbole d'une introspection profonde, et d'une invitation à plonger dans les méandres de ma propre conscience.

Juste à côté de moi, l'homme alcoolisé ronfle à nouveau bruyamment, interrompant le silence pesant de la pièce. Son souffle lourd et irrégulier forme une dissonance brutale. Il se réveille encore soudainement, son regard trouble et injecté de sang croisant à nouveau le mien. Ses yeux expriment une lourde amertume, un mélange de reproches et de regrets. Il ne dit rien au début, mais son regard suffit à me rappeler la réalité sordide dans laquelle je me trouve. Cette fois, ce n'est pas un regard de compassion ou d'empathie, mais plutôt celui de quelqu'un qui semble voir en moi une version de lui-même, avant qu'il ne perde tout ce qu'il avait, pour de bon. Ses lèvres dessinent un sourire amer alors qu'il murmure, presque avec dédain : « Tu ne sortiras jamais indemne d'ici. » Ses mots, chargés d'une sorte de résignation, sont comme un coup de poignard. Mais je les accueille avec une étrange sérénité. Il se moque de moi, de mes efforts pour trouver du sens dans cette situation désespérée. Pour lui, tout cela est futile, telle une tentative vouée à l'échec. Pourtant, en entendant ses paroles, un léger sourire se dessine sur mes lèvres. L'ironie de la situation ne m'échappe pas : peut-être que je ne sortirai jamais indemne de cette cellule, peut-être que la sentence qui m'attend est déjà gravée dans le marbre, mais ce n'est pas ce qui m'importe. Dans cette angoisse, je crois avoir trouvé une clarté que je n'aurais jamais pu atteindre autrement.

Cet homme m'intrigue toujours. Je me dis qu'il est facile de juger lorsqu'on est déjà vaincu par la vie, de railler ceux qui continuent de chercher des réponses là où tout semble perdu. Mais ce que cet homme ignore, c'est la fougue que je commence à ressentir dans mes tripes. Je le regarde sans répondre. Lui est perdu dans ses regrets, dans la déchéance, tandis que moi, dans cette pièce microscopique, je découvre une nouvelle liberté, mentale cette fois.

Alors que la cellule semble se refermer sur nous, je réalise que cette confrontation avec la souffrance, cette capacité à regarder la peur en face, me redonne cette énergie presque incommensurable que j'avais eu en me réveillant ce matin. Et je sais que même si mes jours sont comptés, et même si je suis enfermé et condamné, personne ne pourra m'enlever ce moment à moi, pour moi, si précieux.

En face, maman reste immobile, presque effacée par la pénombre. Je n'en peux plus de ce silence. Alors, doucement, je murmure : « Maman… est-ce que tu m'en veux ? » Pas un mot. Juste ce vide dans ses yeux. J'insiste : « Tu sais, je crois que nous nous sommes éloignés l'un de l'autre ». Un léger tremblement de ses lèvres me donne l'espoir qu'elle va répondre. Mais elle détourne le regard. Et dans ce simple geste, je comprends tout : elle ne sait pas quoi dire, elle ne sait plus comment m'aimer. Je n'y suis pour rien je crois, c'est le monde qui l'a rendu ainsi. Et son visage se ferme à nouveau, impénétrable. Elle semble si loin, comme si cette épreuve l'avait vidée de toute son énergie, de toute sa volonté.

Je me sens seul, terriblement seul. Dans cette nuit qui semble ne jamais se finir, je me retrouve face à moi-même, et paradoxalement, face à la quête de ce bonheur inatteignable. Pourtant, ce bonheur qui m'a toujours semblé hors de portée, devient presque accessible d'un seul coup. Ici, dans cette obscurité totale, je me surprends à penser qu'il est possible de trouver un bonheur différent, un bonheur encore plus profond. Dans la solitude, quelque chose d'inattendu émerge.

Je m'allonge sur ce lit dur et froid, cherchant une position confortable. Rien ne va. Je ferme les yeux et essaie d'oublier tout ce poids sur ma poitrine. Je ne sais pas vraiment comme poser les mots sur cette quête. Peut-être parce que je n'ai jamais appris à les dire. Qu'est-ce que le bonheur, au juste ? Est-ce que c'est un truc qu'on peut vraiment atteindre ?

Quand j'étais encore plus petit, je croyais que le bonheur, c'était simple. Jouer dans le jardin. Manger des crêpes un dimanche avec papa. Mais maintenant, tout ça paraît si loin, comme si ça appartenait à une autre vie. Je voudrais retrouver cette sensation si agréable. Ce truc qui me réchauffait de l'intérieur, qui me donnait l'impression que tout allait si bien.

Je ferme les yeux plus fort, et je rêve. Dans ce rêve, je sens quelque chose monter en moi, une sorte de feu doux, une sorte de chaleur réconfortante. C'est comme si mon cœur me disait qu'il restait encore quelque chose à sauver. Mais sauver quoi exactement ? Et pour qui ?

Je repense à maman, aux histoires qu'elle me racontait : les héros qui affrontaient tous ces monstres, ou les dieux qui jouaient avec les destins des hommes. À l'époque, ça me semblait tellement loin de moi, comme si ça n'avait rien à voir avec ma vie. Mais maintenant, je me dis qu'elle essayait peut-être de me transmettre un truc important. Que parfois, il faut se battre, même quand on sait qu'on ne va pas gagner. Que le bonheur, on ne le trouve pas tout fait, emballé dans du papier cadeau. C'est quelque chose qu'on construit, petit à petit.

Et là, je comprends autre chose. Ce feu en moi, cette énergie qui bouillonne, ce n'est pas une réponse à mes angoisses, c'est une force. Une force qui, certes, peut tout casser si je ne fais pas attention, mais qui peut aussi m'aider à avancer. C'est un peu effrayant, mais c'est aussi... beau, d'une certaine manière. Alors je me dis que peut-être, tout ne doit pas changer. Qu'il y a des choses du passé que l'on se doit de garder, comme ces histoires de héros que ma mère me racontait. Des choses qui nous rappellent d'où on vient, qui l'on est vraiment.

À cet instant, je me fais une promesse. Une petite, mais si importante pour moi. Si je veux avancer, et si je veux trouver ce bonheur que je cherche, je dois apprendre à écouter cette force en moi. À la laisser m'emmener là où je dois aller, mais sans me laisser dévorer par elle. C'est comme danser avec un feu. Ça brûle un peu, mais ça éclaire aussi.

Je tourne la tête vers maman. Ses lèvres bougent à peine, comme si elle murmurait une prière que je ne pouvais pas entendre. Ou peut-être qu'elle parle à quelqu'un dans sa tête, un souvenir, une pensée lointaine. Je n'ose pas lui demander. Je crains de casser quelque chose. Ce silence m'enveloppe d'une étrange chaleur. Sa seule présence suffit à m'apaiser. Pas comme avant quand elle me prenait dans ses bras pour me consoler. Non, là, c'est différent des autres fois. C'est plus calme, plus profond. Juste la savoir là, ça fait disparaître une partie du poids que je ressens dans ma poitrine. Il y a ce quelque chose de profondément tragique : nous sommes enfermés, destinés à un avenir incertain, mais à cet instant précis, la beauté transcende la douleur, comme si ce moment suspendu contenait une vérité plus grande.

Je fixe ses mains. Elles sont toujours posées sur ses genoux, immobiles. Ces mains qui, un jour, m'ont appris à attacher mes lacets. Ces mêmes mains, qui aujourd'hui, ne bougent plus, comme si elles s'étaient figées au fil des années. Et pourtant, je les trouve belles.

Une lumière douce passe à travers les barreaux et vient caresser son visage. Elle éclaire juste assez pour que je vois les petits plis au coin de ses yeux. Son visage doux est un masque de sérénité distante. J'ai envie de pleurer – pas de tristesse – mais parce que je réalise à quel point elle est belle. Belle d'une façon que je n'avais jamais remarquée. Ce n'est pas la beauté qu'on voit dans les séries ou les films. C'est une beauté fragile, pleine de vérité, de tout ce qu'elle a vécu et de tout ce que nous avons partagé ensemble jusqu'à ce jour.

Je prends une grande inspiration, et pour la première fois depuis longtemps, je me sens… bien. Pas heureux, ni léger. Bien. Comme si dans ce moment suspendu, tout avait à nouveau un sens. Le silence autour de nous devient presque musical. Il y a quelque chose dans ce calme qui m'apaise, comme si le monde entier avait décidé de faire une pause juste pour nous.

Je regarde la lumière danser doucement sur les murs humides, et tout me paraît plus clair. C'est fou de se dire qu'il a fallu en arriver là, dans cette cellule, pour que je commence à apprécier tous les détails du monde. Avant, je passais à côté de tout ça. J'étais encore bien trop occupé à courir et à m'inquiéter de tout, comme nous tous.

Maman est là, à quelques centimètres de moi, et même si on ne se parle pas, je ressens quelque chose de puissant entre nous. C'est comme si, juste par sa présence, elle me disait que tout ira bien. Alors j'essaye de m'accrocher à ce silence, à cette lumière, à ces détails qui n'ont l'air de rien mais qui, ensemble, me rappellent que la vie continue.

J'ai toujours pensé que le bonheur, c'était quelque chose de grand, d'éclatant. Mais là, je crois que je me trompais. Mon bonheur, il est dans ces petits instants, ces moments qu'on oublie de regarder. Comme la lumière sur le visage de maman. Comme le souffle régulier qui fait bouger à peine ses épaules. Comme ce silence qui m'entoure doucement, comme une couverture qu'on mettrait sur mes épaules. Je ne sais pas si ce moment durera. Mais il est là. Pour la première fois depuis longtemps, je ressens une sorte de paix. Une paix fragile, oui, mais précieuse. Et je me dis que si je peux encore ressentir ça, alors tout n'est pas perdu.

Et là, dans cette cellule sombre, alors que la nuit s'est effilochée en heures d'insomnie et de pensées éparpillées, je me surprends à comprendre des choses. Ce que je cherchais, ce que je croyais perdu ou hors d'atteinte, ce n'est pas un endroit magique où tout serait enfin parfait. Non, c'est un chemin. Pas une autoroute bien tracée, mais un sentier irrégulier, plein de cailloux et de virages imprévus, où chaque pas compte.

Je n'ai que 18 ans, et pourtant, je ressens au fond de moi cette vérité simple : le bonheur, ce n'est pas une destination où l'on se pose pour toujours. C'est un équilibre fragile, qu'il faut sans cesse ajuster. Un peu comme lorsqu'on apprend à faire du vélo et qu'on vacille. C'est une danse, souvent maladroite, entre nos rêves, nos actions, et ces moments où l'on s'arrête pour regarder, pour contempler.

Les premières lueurs de l'aube glissent entre les barreaux, projetant sur les murs des ombres presque douces. Ces mêmes murs qui, quelques heures plus tôt, me semblaient oppressants, se teintent peu à peu d'une lumière qui les transforme. Ce n'est pas une grande révélation, pas une illumination soudaine. C'est un murmure, quelque chose de discret mais puissant, qui monte en moi. Même ici, dans cette cellule où tout semble figé, il y a encore de la place pour le beau.

Le chant d'un oiseau me parvient, étouffé mais clair. Je ne sais pas où il est, peut-être sur un toit ou sur une branche, mais ce son fragile traverse les murs comme un message. Et ce message est simple : la vie continue. Elle ne s'arrête pas pour nos drames, pour nos peurs ou nos échecs. Elle avance, avec ou sans nous. Mais ce qui compte, c'est la façon dont je choisi de l'écouter, de la voir.

Je tourne les yeux vers l'horloge, son tic-tac régulier m'agace un peu, le procès de maman approche, et avec lui, cette angoisse sourde, celle de ne pas savoir comment l'aider, de ne pas être à la hauteur. Mais dans ce calme, une nouvelle promesse émerge : je serai là pour elle. Je resterai debout, j'espère. C'est tout ce que je peux lui offrir.

Je baisse les yeux sur mes mains, ces mains qui tremblaient il y a encore quelques heures. Elles sont stables maintenant. Ce n'est pas que je n'ai plus peur, c'est que cette peur ne me paralyse plus. Elle est là, elle fait partie de moi, comme le reste. Et à travers elle, je sens une force.

Je souris malgré moi. Pas un grand sourire, mais toujours cette courbe légère, discrète, presque invisible. Je fixe la lumière de l'aube, cette lumière timide qui grandit lentement, comme si elle me tenait compagnie. Et je me dis que, peut-être, c'est ça aussi, le vrai bonheur : savoir ce qui est déjà là. Ressentir ces petits moments comme des trésors qu'on garde précieusement dans un coin de son cœur.

Cette cellule, avec ses murs humides et son air lourd, est peut-être le dernier endroit où j'aurais pensé trouver quelque chose de beau. Mais je regarde la lumière grandir, je sens toujours la chaleur douce de cette force que je n'avais jamais vraiment écoutée, et je comprends. Tant que je respirerai, je chercherai encore. À comprendre, à voir, à ressentir. Parce que c'est ça qui nous rend vraiment vivants et vraiment humains. C'est cette lumière qui brille, et qui me dit que je suis encore là.

Chapitre 8

In omnia paratus
Paré à toute éventualité

Treize heures quarante-cinq. Il ne reste plus que quinze minutes avant le début du procès de maman. La salle d'audience déborde déjà de monde, saturée de murmures et d'une tension étouffante, comme si l'air lui-même était devenu trop dense pour être respiré. Chaque regard, chaque posture, chaque souffle porte la promesse d'un drame. Les juges, impassibles dans leurs robes austères, ressemblent à des statues de marbre. Les avocats, droits comme de piliers, feignent une assurance calculée. Et les spectateurs, silencieux, sont là, avides de voir le sang couler – non pas physiquement, mais à travers la mort symbolique qui laisse des cicatrices bien plus profondes.

Je me tiens là, figé, spectateur de cette scène qui ressemble à un tableau sombrement magnétique. Et tout semble orchestré à la perfection : la lumière des néons, tous les murmures coupés par les raclements de gorge, les regards avides d'émotions faciles.

Je les regarde tous un à un. Une pensée étrange traverse mon esprit : il y a une forme d'esthétique morbide dans ce chaos maîtrisé, quelque chose d'absurde dans cette chorégraphie du pouvoir. Soudain, un sourire crispé étire mes lèvres. Quelque chose d'absurde flotte dans l'air, une absurdité si totale qu'elle en devient presque belle.

Maman est là, assise à l'avant, sa silhouette immobile découpée par les faisceaux lumineux. Son dos est droit, tendu, mais pas courbé par la peur, non. Il y a une sorte de dignité dans sa posture. Ses mains sont croisées sur ses genoux, immobiles comme si elles savaient que chaque mouvement pourrait trahir une faiblesse. Pourtant, je sens sa fragilité, une fragilité qui m'écrase autant qu'elle me fascine.

Je voudrais la protéger, lui dire quelque chose, n'importe quoi. Les mots meurent avant d'atteindre mes lèvres. Alors je me contente de l'observer, capturant chaque détail comme si c'était le dernier que je pouvais voir. Son profil éclairé par la lumière crue me frappe par sa beauté, une beauté brutale, encore plus forte que celle de la cellule. La beauté d'une femme qui a trop donné, trop souffert, mais qui reste debout. Chaque ligne sur son visage, chaque ombre sous ses yeux raconte une histoire que je n'ai pas su écouter avant aujourd'hui.

L'horloge avance. À quatorze heures, la voix du juge déchire le silence. Son ton est glacial, méthodique, chaque syllabe mesurée telle un scalpel taillant dans la chair. Il incarne cette société qui écrase tout ce qui dépasse, tout ce qui ose défier son ordre rigide. Son regard croise le mien, juste un bref instant, et j'ai l'impression qu'il peut lire en moi, qu'il sait à quel point je me sens impuissant à ce moment.

Alors je tourne les yeux vers maman. Elle n'a pas bougé. Même lorsque le juge prononce son nom avec cette autorité froide, elle reste impassible. Pas une larme, pas un frisson. C'est cette force silencieuse qui me transperce le plus. Je voudrais qu'elle verse une larme, qu'elle crie, qu'elle se batte, mais elle choisit de rester fière, de défier cette assemblée en silence.

Et les autres ? Ils sont immobiles eux aussi. Leurs casques vissés sur les oreilles, leurs écrans braqués sur la scène, ils capturent chaque instant. Ils ne regardent pas, ils consomment. Je les déteste pour ça. Je les déteste autant que je me déteste pour rester assis, spectateur impuissant de la chute de ma mère.

Quatorze heures quinze. Le juge commence son discours. Il parle avec cette voix distante, et cet air paternaliste qui me glace le sang. Je le connais, ou du moins, je connais ce ton. C'est celui du médecin de la conscience, celui qui m'a « aidé » il y a quelques jours. Ce n'est pas un homme, c'est une fonction. Une fonction qui broie, qui uniformise, qui réduit tout à des cases bien rangées.

Les mots du juge tombent comme des coups de marteau, mais maman ne cille pas. À chaque phrase, je m'attends à la voir s'effondrer, mais non. Elle reste droite, comme un arbre face à la tempête. Je sens cette chose bouillonner en moi. De la colère, de la fierté, de l'amour. Je réalise à quel point elle est forte, à quel point elle est belle dans sa résistance. Je réalise à quel point je l'aime, ma mère. Ils peuvent dire ce qu'ils veulent, écrire ce qu'ils veulent. Pour eux, elle est une criminelle. Pour moi, elle est une héroïne.

À quatorze heures vingt-cinq, le juge s'arrête de parler et se tourne vers maman. Son regard est froid, presque mécanique, mais ses mots sont des lames tranchantes. Il exige des explications. Pourquoi m'a-t-elle transmise ces valeurs obsolètes, inutiles dans ce monde qui broie l'humanité comme une machine bien huilée ?

Je la regarde se lever. Il y a dans son mouvement quelque chose de majestueux, un mélange de défi et de dignité. Et soudain, je reconnais cette petite lueur dans ses yeux, celle que j'avais vue à l'enterrement de papa. Ce regard plein de rage, de feu contenu qui refuse de s'éteindre. Cette fois, elle n'est pas juste en colère ; elle est debout, droite, prête à combattre.

Quand elle prend le micro, c'est comme si tout le reste disparaissait. Sa voix brise le silence comme une note parfaite, claire et résonnante. « Bonjour monsieur le juge », dit-elle avec une politesse qui semble presque anachronique dans ce monde brutal et impitoyable. Ces premiers mots, pourtant simples, imposent une tension palpable dans la salle.

Puis elle continue, et chaque phrase est une lame, chaque mot, un coup porté à ce système.

« Je sais que vous attendez des aveux, la vérité nue. Mais vous n'aurez rien de moi. Ceux qui espèrent que je vais tout déballer peuvent retourner à leur vie monotone. Je ne dirai rien. Aujourd'hui, plus que jamais, je choisis de me taire. Vous savez déjà tout. Tout a été étalé sur le réseau : chaque détail de mon existence a été disséqué. Cette audience n'est qu'une mascarade, un spectacle pour les charognards. Mais je refuse de nourrir leur festin. »

Sa voix monte en intensité, et je sens une force incroyable se dégager d'elle. Elle n'est plus juste ma mère ; elle est une guerrière, une héroïne tragique défiant le monde. Elle parle de sa vie, de cette vie d'ombre. Pourtant, dans chaque mot, il y a cette fierté.

« Aujourd'hui, je signe mon arrêt de vivre. Je suis contre ce système qui broie les gens comme des pions sur un échiquier. Je suis contre vous, et contre tout ce que vous représentez. »

Puis elle se tourne vers moi. Ce moment semble suspendu. Ses yeux rencontrent les miens pour la première fois depuis l'enterrement de mon père. Et je ressens une vague de chaleur mêlée de terreur. Quand elle parle, ses mots ne s'adressent plus à la salle, mais à moi seul.

« Paul, mon fils… J'espère que tu me pardonneras. Je ne peux plus continuer à faire semblant. J'ai fait de mon mieux, mais ce monde m'a épuisée. Je t'ai donné tout ce que je pouvais. Je t'ai transmis ce que je croyais être bon et juste. Et c'est tout ce qui compte. Tu es tout ce qui compte, tout ce qui restera, j'espère. »

Mon cœur se serre. C'est comme si, en quelques mots, elle m'avait légué son âme entière, ses espoirs et ses échecs, tout ce qu'elle avait si farouchement protégé. Je sens le poids écrasant de ses attentes, de son amour. Une part de moi veut crier, lui dire que ce n'est pas juste, que je ne suis pas prêt pour ça. Mais une autre part, plus profonde, comprend tout. Elle me donne ce qu'elle a de plus précieux : cette étincelle qu'elle a gardée vivante malgré tout.

Je la regarde, et dans ses traits, je la vois brisée mais magnifique ; au bord du précipice, mais qui refuse de se soumettre. Et moi, je me sens petit, presque incapable de porter ce qu'elle me confie.

Le silence retombe lourdement. Le juge et tous les officiers quittent la salle pour délibérer. Autour de moi, tout semble se resserrer. Je ne peux détacher mes yeux d'elle. Ses mains tremblent légèrement, tout comme les miennes. Ma mère, la seule personne qui n'ait jamais donné autant de sens à ce chaos. Et maintenant, je sais qu'elle pourrait me quitter, ou qu'elle pourrait être condamnée pour avoir osé défendre ce qu'elle croyait juste. Mes pensées s'embrouillent, je suis incapable de me calmer. L'idée de me retrouver seul sans elle, me hante. Comment pourrais-je continuer ma vie sans sa lumière ? Comment pourrais-je porter cet héritage qu'elle m'a laissé, fragile et immense à la fois ?

Les portes de la salle de délibérations s'ouvrent enfin, je retiens mon souffle. Chaque seconde qui suit devient une éternité. Je regarde le juge reprendre sa place, mais mon regard revient toujours instinctivement à ma mère. Et dans cet instant, je comprends : c'est à moi, maintenant, de trouver ma voie dans ce monde.

Le juge commence à parler, et je sens mes mains trembler sur mes genoux. Je baisse les yeux, comme si je pouvais échapper à la situation. Une larme, brûlante et lourde, glisse sur ma joue. J'essaie alors de l'essuyer rapidement, presque avec colère, comme si je voulais l'effacer avant qu'elle ne trahisse ce que je ressens. Mais c'est impossible. L'idée de perdre maman me tord les tripes. Ça me brûle de l'intérieur, comme une douleur qu'on ne peut pas calmer. Je serre les poings. J'essaie de rester fort et de garder le contrôle. Le juge continue à parler, mais ses mots me parviennent comme à travers un brouillard. Ils n'ont aucun sens, ils s'entrechoquent sans que je puisse les attraper. Tout ce que je ressens, c'est cette peur qui me dévore, cette peur de l'inévitable, de ce moment où maman me sera arrachée pour toujours.

Et puis, au milieu de ce chaos intérieur, un mot surgit. Un seul mot, mais il me frappe de plein fouet. « Libérée. »

Je reste figé, incapable de comprendre ce qu'il se passe. Mon esprit, bloqué sur cette idée, refuse de la croire. Libérée ? Comment ? Pourquoi ? Tout en moi se révolte contre cette annonce. C'est illogique. Ce n'est pas possible. Une partie de moi veut s'accrocher à l'idée que c'est une erreur, un malentendu, quelque chose qui va être corrigé d'un instant à l'autre.

Des applaudissements timides commencent peu à peu à monter dans la salle. Un bruit sourd, hésitant, qui s'arrête presque d'un seul coup.

Maman se lève. Elle bouge lentement, comme si chaque mouvement lui coûtait une force immense. Quand je croise son regard, mon cœur se serre. Il y a une ombre dans ses yeux, une sorte de tristesse que je ne comprends pas tout de suite. Ce n'est pas de la joie qu'elle ressent, ni un soulagement. Mais presque une déception. Elle n'en veut plus de cette liberté qu'on lui tend comme un prix de consolation. Ça se voit dans les lignes de son visage. Ce monde, ce système, et cette justice... Elle n'y croit plus. Elle a vu trop de choses, trop de gens se briser. Et moi, je suis là, à ses côtés, à essayer de comprendre tout ce qu'elle ressent, à vouloir lui dire quelque chose. Mais comme d'habitude, les mots ne viennent pas. Je peine à sortir un son, comme s'il y avait une distance incommensurable entre mon cœur et ma bouche.

Les journalistes, toujours en quête de spectacles, se ruent sur elle. Ils tendent leurs micros, ils crient des questions absurdes. Tout ce bruit autour de nous m'oppresse, je ne peux m'empêcher de sourire. Ils ne comprennent rien. Ils jouent leur rôle, incapables de saisir ce qui vient de se passer. Incapables de voir que cette liberté, au lieu d'être une victoire, ressemble à une moquerie cruelle.

Quand la salle finit par se vider, je me sens vide. Tout est allé trop vite, comme un tourbillon qui m'a laissé à nouveau perdu. Maman est toujours là, debout à côté de moi, immobile. Je ne sais pas quoi dire. Peut-être qu'il n'y a rien à dire.

Une voiture de police nous attend plus loin, dehors. L'agent nous fait signe de monter pour nous ramener à la maison, cette maison que je pensais ne jamais revoir. Je m'assois à côté de maman, et l'espace confiné de la voiture m'étouffe. Les vitres teintées, la cloison blindée, tout me donne l'impression d'être dans une cage roulante. C'est censé être la liberté, ça ? Je tourne la tête vers la fenêtre. Les rues défilent, mais rien ne me semble familier. Chaque bâtiment me semble étranger. Et une boule d'angoisse monte dans ma gorge. Je cherche un repère, quelque chose qui me ramène à ce que je connais. Mais il n'y a rien. Maman, à côté de moi, reste silencieuse. Je jette un coup d'œil vers elle. Ses mains sont posées sur ses genoux, comme dans la salle d'audience. Immobiles. Figées. Je veux lui parler. Je veux lui dire que tout ira bien, même si je n'en suis pas sûr moi-même. Les mots restent coincés dans ma gorge. Alors je me contente de poser ma main sur la sienne. Juste ça. Juste ce geste simple. Elle tourne la tête vers moi, et dans son regard, je vois une gratitude silencieuse. C'est comme si, pendant une fraction de seconde, on se comprenait à nouveau sans avoir besoin de parler.

La voiture continue de rouler, et ce frisson glacé dans mon dos ne me quitte pas. Quelque chose ne va pas.

Mais pour l'instant, tout ce qui compte, c'est maman. Elle est là, à côté de moi. Et je m'accroche à ça. Parce que c'est tout ce qu'il me reste.

Chapitre 9

Premimur non opprimimur
Opprimés mais pas abattus

L'homme qui conduisait cette voiture a appuyé brusquement sur le frein. La secousse m'a soudain jeté en avant, le cuir froid de la banquette glissant sous mes mains tremblantes. Le bruit grinçant des freins semblait s'étirer dans l'air, déchirant l'atmosphère comme une lame rouillée. Mon regard s'est instinctivement tourné vers lui, et c'est là que j'ai vu une arme accrochée sur le côté de son pantalon. Une vision fugace, irréelle, mais terriblement ancrée dans le présent. Elle brillait sous la lumière terne, une présence immobile et pourtant vibrante, comme si elle respirait dans l'ombre. Une promesse silencieuse de pouvoir, de défense et de contrôle, dans un monde où je n'en avais plus aucun.

Mon cœur battait plus vite, irrégulier. L'arme n'était pas qu'un objet. Elle portait un poids, un écho sourd de tout ce que nous avions perdu. Elle semblait si proche, mais il y avait toujours cette barrière entre nous, cette vitre épaisse et impénétrable. Je pouvais presque sentir sa froideur, mais elle était hors d'atteinte, inatteignable.

Et cette vitre, je l'avais déjà vue. Pas juste ici, mais partout, tout le temps. Elle séparait les enfants à l'arrêt de bus. Elle était là, dans chaque échange manqué, chaque mot laissé en suspens. Une barrière qui nous disait où était notre place, nous murmurant que nous n'étions pas les bienvenus. Elle était plus qu'un obstacle physique. C'était devenu un mur invisible, érigé entre ceux qui avaient encore le contrôle et ceux qui l'avaient perdu. Une question me traversa l'esprit, tel un éclair : si nous étions de part et d'autre de cette vitre, qui de nous représentait vraiment le bien ? Et le mal ? Ces mots me paraissaient maintenant absurdes, comme des fragments d'un monde ancien, délavé par toute cette indifférence et cette peur.

Je repensais à mon père. Il m'avait dit un jour : « Le bien, c'est ce qui te permet de dormir en paix, Paul. » Mais sa phrase semblait imprécise, elle ne me permettait pas de savoir à cet instant, qui de nous avait réellement raison de ce bien et de ce mal. Et la paix ? Comment pouvait-on encore la trouver dans ce monde ? Tout devenait flou, comme si les lignes qui définissaient ces notions s'étaient effondrées dans un abîme de contradictions. À tel point que je doute de nous. Je doute de maman et moi, et de ce que nous sommes devenus, de ce que nous représentons pour le monde.

Le véhicule s'est arrêté, me tirant violemment de mes pensées. Devant nous, un dôme en verre s'élevait, sombre et imposant. Sa silhouette, massive et déshumanisée, semblait avaler la lumière autour de lui. Le ciel, lourd de nuages noirs, se confondait avec l'obscurité du bâtiment, créant une ambiance presque irréelle. Ce paysage avait quelque chose d'étrangement familier, tel un cauchemar qui se répète. Et je savais que ce n'en était pas un, que tout était bien réel. Une réalité bien plus effrayante que toutes les histoires que j'avais pu imaginer jusqu'ici.

Le temps était orageux, et le vent soufflait fort, comme si la nature elle-même voulait se rebeller contre ce qui était sur le point de se passer.

La portière s'est ouverte brusquement et on m'a tiré dehors. Le métal des fusils a délicatement frôlé mon dos comme un avertissement silencieux. Je pouvais sentir l'humidité de l'air, l'odeur métallique de cet orage imminent. Je marchais vers le dôme, mes pieds traînant sur le sol, et avec chaque pas, un doute grandissait en moi. Non pas un doute sur notre situation – ça, je l'avais accepté depuis quelques minutes déjà – mais toujours ce doute sur ce que nous étions devenus.

À l'intérieur, la lumière était crue, impitoyable. Une vingtaine de corps gisaient sur le sol, leurs silhouettes figées comme des statues abandonnées par le temps. Je cherchais leurs visages, leurs histoires, mais tout semblait flou, indistinct. Il y avait une vieille dame, ses cheveux blancs épars rappelant celle qui m'offrait toujours une part de tarte lorsque j'étais encore enfant. À côté de cette dame, un homme au visage abîmé, brisé par l'existence, une expression si familière qu'elle me hantait elle aussi. Chaque silhouette devenait un miroir déformé de ce à quoi nous allions ressembler avec maman. Leurs regards me percèrent comme des lames. Pas de colère, pas de peur explicite, juste une résignation. Une acceptation silencieuse d'un destin qu'ils ne pouvaient plus fuir. Je voulais leur parler, leur dire quelque chose, mais ma gorge était nouée, ma voix était encore absente. Pourtant, dans leur silence, je reconnaissais ma propre terreur, ma propre impuissance.

Autour d'eux, les gardes se tenaient immobiles, leurs armes baissées mais prêtes. Ils ne disaient rien. Leurs visages, figés dans une expression de froideur mécanique, ressemblaient à des masques. Je me suis demandé s'ils ressentaient encore quelque chose. Si, sous cette façade, ils avaient encore des doutes, des peurs. Ou si plutôt, ils étaient devenus les ombres d'eux-mêmes.

Je n'arrivais pas à détourner les yeux des corps devant moi. Ils étaient vivants, mais à peine. Leur immobilité me rappelait une chose que m'avait dit ma mère : « On peut être en vie, mais ne plus vivre. » Cette phrase résonnait dans ma tête, me frappant avec une violence que je ne pouvais ignorer. Étions-nous encore vraiment vivants, ou simplement en train de nous éteindre, lentement ?

Je marchais, perdu dans mes pensées, alors que le vent soufflait toujours. À chaque pas, je sentais ce doute grandir, s'étendre comme une ombre en moi. Était-ce un mal d'avoir cru en quelque chose de différent ? Était-ce un crime d'avoir voulu un monde meilleur ? Le poids de ces questions m'écrasait comme toujours. Et l'étincelle refusait de mourir. Peut-être que, dans ce doute, il y avait encore une part d'espoir, j'espère.

Subitement, les hommes armés nous ont crié dessus. Leurs voix, dures et tranchantes, résonnaient dans le dôme, brisant le silence comme un verre qui éclate au sol. Chaque mot, chaque ordre, était une gifle. Une injonction à obéir, à plier, à se dissoudre dans cette masse soumise. Maman n'a pas hésité. Elle s'est jetée au sol, ses mouvements précipités trahissant une peur instinctive, animale. Et son visage, habituellement si digne, était maintenant ravagé par une terreur inhabituelle.

Moi, je suis resté debout. Mes jambes refusaient de bouger, comme si mon corps rejetait l'absurdité de ce qui se passait. Autour de moi, tous les corps s'allongeaient les uns après les autres dans une synchronisation morbide, telle une vague qui se brise sur le sable. Mais moi, j'étais figé. Pas par courage, non. Par une sorte de paralysie. Ce monde que je pensais connaître un peu plus s'effondrait devant mes yeux, révélant des entrailles sombres et infectes. Quand je me suis enfin résolu à m'allonger, le froid du sol m'a frappé. C'était un froid qui semblait venir de l'intérieur, comme si tout ce lieu suintait la mort.

En tournant légèrement la tête, mon regard a croisé celui d'un homme. Ses traits m'étaient familiers : il avait applaudi lors du procès de maman. À ce moment-là, il avait souri, un sourire naïf, plein de confiance en ce système qu'il pensait juste. Maintenant, il était allongé comme moi, réduit au silence et à l'impuissance. Réduit au même crime absurde. Du côté opposé, il y avait un autre visage, féminin cette fois. Elle aussi avait applaudi, croyant comme moi, que tout était terminé et que la justice avait triomphé de ce mal. Ses yeux étaient vides, tout comme les miens, sûrement. Nous étions des pantins jetés dans cette mascarade, des acteurs forcés d'un drame que nous n'avions pas choisi.

Au-dessus de nous, le dôme de verre. Il diffusait une lumière douce et dorée, presque ironique dans ce contexte. On pouvait voir le ciel, le monde extérieur, vibrant, vivant, tandis que nous étions prisonniers ici, comme des insectes coincés sous un verre renversé. La lumière caressait les visages autour de moi, illuminant des expressions toujours aussi éteintes. Je me suis demandé si le monde savait ce qui se passait ici. Ou même s'il s'en souciait.

Un homme en noir est entré. Sa silhouette imposante semblait avaler la lumière, projetant une ombre qui nous recouvrait tous. Ses pas résonnaient sur le sol, lents, comme s'il savourait sa domination. Les gardes ajustaient leurs armes, prêts à transformer la moindre étincelle en torrent de violence. Cette fois, je ne pouvais pas rire de l'ironie de cette situation. Et comment pouvais-je encore trouver la force de le faire ? Tout était absurde, mais aussi terriblement réel. Les autres autour de moi ne réagissaient pas. Ils ne riaient pas, ils ne pleuraient pas. Ils semblaient avoir oublié comment ressentir. Leurs émotions, leurs pensées, tout avait été écrasé par la terreur, par la résignation. Ils étaient déjà morts à l'intérieur.

On nous a ordonné de nous lever. Mais ce n'était pas seulement un ordre. C'était une humiliation, une manière de nous rappeler que nous n'étions plus rien. À cet instant, j'ai vu ma mère vaciller en se levant. Elle semblait si frêle, si vulnérable, et pourtant elle trouvait encore la force d'obéir. Elle n'avait pas le choix.

Cet homme en noir... Il avait quelque chose de terriblement familier lui aussi. Peut-être ses gestes, ou peut-être sa posture. Ou simplement cette froideur mécanique qui semblait émaner de tous ceux qui exerçaient le pouvoir dans ce monde. Il ressemblait au juge du procès de maman, mais aussi à ce médecin du conformisme que j'avais croisé récemment. Tous ces visages se mêlaient dans mon esprit, se fondant en une seule entité : une machine sans visage, et ce système implacable, inhumain. Je me suis surpris à observer les autres. Certains fixaient le vide, d'autres fermaient les yeux. C'était comme si, au-delà de la peur, il ne restait plus rien. Aucune révolte, aucune larme ; juste une sorte de résignation glaciale. Et moi ? Je sentais encore cette révolte brûler en moi, même si elle était inutile, même si elle ne menait nulle part. Le dôme en verre, au-dessus de ma tête, devenait alors une métaphore parfaite. Je pouvais voir le monde, sans agir. Cette bulle brillante n'était qu'une cage.

Je me suis alors demandé ce que cet homme en noir pourrait nous dire. Allait-il encore déblatérer un de ces habituels discours de propagande ? Mes poings étaient si comprimés que mes ongles s'enfonçaient dans mes paumes. La douleur vive, presque anodine, était tout ce qu'il me restait. Une ancre dans le tumulte, la preuve irréfutable que j'existais encore, que quelque part, en moi, il restait une étincelle de vie, de révolte. Une part de moi qui voulait encore croire. Croire en un monde où la vérité, le bien et la justice avaient un sens. Mais cette croyance vacillait, frêle comme une flamme face au vent.

Je levai les yeux vers cet homme qui nous dominait, cet architecte du néant. Ses mots étaient froids, mécaniques, toujours les mêmes. Était-ce cela, notre avenir ? Allions-nous devenir ces juges implacables, ces médecins sans compassion, ou ces gardiens de règles absurdes ?

Puis, au milieu de cette tourmente, mon regard se posa sur maman. Ça faisait si longtemps que je ne l'avais pas regardée – au moins plusieurs minutes. Une peur sourde s'installa en moi. Avait-elle compris ? Avait-elle cédé à cette fatalité que je refusais d'accepter ? Lorsque nos regards se croisèrent, mon souffle se bloqua. Ce que je vis dans ses yeux me pétrifia : un vide glacial, une absence déchirante. Ce n'étaient plus les yeux de ma mère. C'était comme si une part d'elle s'était éteinte, consumée par quelque chose que je ne pouvais nommer. Où était passée cette mère qui m'avait bercé, raconté des histoires pour apaiser déjà mes cauchemars ? Celle dont le rire discret avait autrefois réchauffé les murs de notre maison ?

Elle s'avança lentement, et je sentis mes jambes trembler. Puis elle parla, d'une voix basse, presque mécanique : « C'est le destin. » Ce mot simple me cloua au sol. Le destin ? Était-ce une résignation, une abdication face à l'inévitable ? Ou pire, une justification de ce qu'elle allait faire ? Je voulais la secouer, lui crier que ce n'était pas elle, que ce n'était pas la maman forte et courageuse que j'avais admirée.

Puis elle ajouta, d'un ton qui me glaça le sang : « Je suis puissante, j'ai désormais un certain pouvoir sur le monde. » Mon esprit vacillait. Ma mère ? Qu'essayait-elle de dire ? Était-ce une métaphore tordue pour justifier sa soumission, ou était-ce autre chose, quelque chose que je ne pouvais pas comprendre ?

Et puis, sans prévenir, tout bascula. Une masse, surgie de nulle part, s'abattit sur ma tête. La douleur explosa, brutale et aveuglante, et je m'effondrai à genoux. Le sol froid contre mes paumes m'ancra dans une réalité que je ne voulais pas affronter. Ma propre mère... Celle qui m'avait appris à marcher, à rêver, venait de me mettre à genoux. À quatre pattes, les larmes embrouillant ma vue, je cherchai une réponse dans ses yeux. Mais tout ce que je vis, c'était une ombre, une silhouette vide, ce quelque chose qui n'était plus elle. Elle avait choisi. Elle avait abandonné.

Soudainement, et d'une manière incontrôlable, du plus profond de mon corps, je hurlai. Un cri brut, déchirant, un cri qui portait en lui toute ma colère, toute ma peine, et tout l'amour que je n'avais jamais su lui dire jusqu'ici : « Maman, NON ! Je t'en prie. Reviens ! Reviens à moi ! »

Elle s'arrêta un instant. Une fraction de seconde où son regard changea, où je crus percevoir une lumière, une hésitation. Mais cette hésitation fut fatale. Un coup sec retentit, suivi d'un bruit sourd. Le garde, froid et méthodique, avait agi sans attendre. Il avait vu l'hésitation de ma mère. Elle s'effondra, son corps heurtant le sol comme un pantin désarticulé.

Je restai figé, incapable de bouger, incapable de comprendre ce qui venait de se passer. À cet instant, l'air semblait s'être vidé de toute substance.

Ma mère était là, définitivement immobile cette fois. Celle qui avait bercé mes nuits. Ce cri, mon cri, avait déclenché sa fin. Je voulais l'arrêter, la sauver, mais tout ce que j'avais fait encore, c'était la pousser au bord de l'abîme. Et maintenant, il ne restait plus rien. Ni elle, ni moi.

Je levai les yeux vers le garde, vers cet homme qui observait la scène avec une indifférence glaciale. Je ne ressentais plus rien. Pas de colère, ni même de douleur, seulement un vide immense. Mon cri avait brisé quelque chose en moi, et ce vide menaçait de m'engloutir.

Ma révolte et ma lutte avaient-elles encore un sens ? Peut-être que, finalement, c'était ça, le destin.

Chapitre 10

Ibi deficit orbis
Ici finit le monde

C'est à mon tour d'écouter l'homme du mal, cette voix insidieuse qui s'infiltre dans mon esprit, érodant peu à peu mes défenses, telle une vague qui ronge la falaise. Ses murmures s'insinuent dans mes pensées comme une ombre froide, mais je lutte encore. Pourtant, je me surprends à envier ceux qui ont déposé les armes, ceux qui ont abandonné ce combat incessant. J'avoue que l'idée d'un repos salvateur effleure mon esprit, douce et trompeuse comme la caresse d'un courant chaud d'été.

Alors que je me perds dans cette nouvelle tentation, une chaleur familière remonte à la surface, cette ultime flamme dans les ténèbres. C'est la voix de papa qui résonne, inattendue, très douce et forte à la fois, s'ancrant en moi avec une clarté déconcertante : « Paul, c'est dans les moments les plus sombres que l'on trouve des raisons d'aimer la lumière. » Ces mots frappent mon cœur comme un écho d'un temps où tout semblait encore possible. Je veux encore y croire à sa phrase. Mais la pensée de fuir – de m'isoler dans une bulle de verre où la réalité ne pourrait plus jamais m'atteindre – devient terriblement séduisante. Je pourrais échapper à la laideur du monde, à cette destruction lente et inexorable de tout ce que j'ai pu voir de beau, et tout ce que j'ai pu ressentir de bon ces derniers jours. Mais fuir, c'est renoncer... je le sais. Et rester... rester ici, c'est affronter l'abîme, seul, terriblement seul.

Je ferme les yeux, et soudain, l'image d'un petit garçon me traverse l'esprit. Une vision fugace, floue, mais étrangement apaisante. À l'arrêt de bus, il me sourit, et ce sourire, aussi fragile qu'un pétale de fleur sous la pluie, s'accroche à moi. Quelque chose en lui m'est familier, mais je n'arrive pas encore à mettre un mot dessus. Mes pensées se heurtent, tourbillonnent comme des feuilles mortes emportées par une tempête. Mon instinct, ce guide intérieur qui m'a souvent sauvé, tente de refaire surface. Chaque battement de mon cœur résonne comme un coup de marteau.

Je me sens prisonnier de ce terrible dilemme : fuir et abandonner ce qui reste de ma dignité, ou bien rester, au prix d'un supplice sans fin. Et pourtant, au milieu de cette lutte intérieure, un souvenir refait lui aussi surface : les moments de beauté que j'ai saisis depuis la mort de papa. La lumière dans les yeux d'un inconnu, le murmure d'un vent apaisant, un éclat de rire oublié. Je me raccroche à tous ces fragments, bien trop riches pour les laisser disparaître dans l'oubli.

Soudain, un cri transperce l'air. Un hurlement de douleur, déchirant, suivi du claquement de cette gâchette. L'homme devant moi s'effondre, et avec lui, c'est une partie de mon âme qui vacille. Je suis figé, témoin impuissant de cette violence que je ne peux arrêter. Mes poings se serrent à nouveau, mais mes larmes refusent de couler. Ai-je perdu ma sensibilité ? Suis-je devenu comme ceux que je méprise, indifférent à la souffrance ?

Puis, comme un miracle, mon regard est attiré vers la vitre de ce dôme. Là, derrière la poussière et les reflets, je vois à nouveau le petit garçon. Et son visage empreint d'une innocence si pure qu'il semble irréel. Son regard me transperce, ce n'est pas seulement un enfant que je vois, mais une promesse, un avenir que je suis sur le point d'abandonner. Un détail attire soudain mon attention. La coupe de ses cheveux me rappelle quelque chose. Et sa salopette brune, abîmée, trouée... où l'ai-je déjà vu ? Une sensation étrange m'envahit, comme s'il portait en lui une part de moi que j'avais oubliée.

Chaque battement de mon cœur résonne en écho à son regard. Je sens une chaleur étrange, douce et vibrante, m'envahir. Une lueur d'espoir, suffisamment forte pour me retenir encore un instant de plus. Et alors que je le fixe, un souvenir surgit, brutal et éclatant. Cette salopette brune, je l'ai portée le jour où, plus jeune, je m'étais promis de construire un monde meilleur. Je comprends enfin. Ce petit garçon, ce n'est pas un inconnu. C'est moi, à une époque où je croyais encore que tout était possible et où je rêvais d'un monde plus beau, plus juste. Une époque où l'espoir battait en moi comme un tambour.

Je pense d'abord à une hallucination. En le voyant, une partie de moi, oubliée depuis longtemps, refait surface. Ce petit garçon, c'est une promesse que je me suis faite, une promesse que je n'ai pas réussi à tenir, et qui me fait souffrir aujourd'hui.

Au même moment, je le vois venir vers moi, portant une jolie femme dans ses bras. Il avance avec une lenteur majestueuse, comme s'il portait bien plus qu'un corps, bien plus qu'un poids : un espoir fragile mais incandescent.

Une question me traverse l'esprit : pourquoi prend-il ce risque insensé ? Ses gestes sont empreints d'une grâce tragique, presque irréelle. Je suis captivé par son regard, chargé de promesses, comme s'il essayait désespérément de me transmettre un message au-delà des mots. Son visage, éclairé par une lumière dont je ne peux expliquer l'origine, réveille en moi une mémoire enfouie. Il porte cette femme avec une tendresse infinie, comme si elle représentait tout ce qu'il reste de beau dans ce monde. Une chaleur m'envahit à nouveau, mais elle est fugace, prête à s'éteindre à la moindre bourrasque. Cette femme... elle me rappelle maman. Elle est un symbole : le savoir, la bonté, la sincérité, la sagesse humaine. Entre les bras du garçon... Entre mes bras... Elle devient une étoile, ou un guide dans l'obscurité.

Ce tableau vivant est plus qu'une scène. C'est une lutte universelle. Celle de la condition humaine : cette obstination à espérer, à rêver, même face à l'insoutenable. Et la femme, fragile et lumineuse, est tout ce que nous avons de plus précieux, tout ce que j'ai pris le risque de perdre.

Mon cœur s'emballe, tiraillé entre l'admiration et la terreur. Une question lancinante me traverse : ai-je encore la force de marcher ? De me battre pour elle, pour ce qu'elle représente ? Plus je m'en approche, plus il devient difficile de continuer. Terrible ! Terrible ! Terrible ! Cette force invisible m'en empêche, comme si des chaînes m'étranglaient, me maintenant à distance. C'est la peur. Ma peur. Elle grandit à chaque pas que je fais, se déployant comme une ombre qui s'allonge peu à peu au crépuscule, inatteignable. La distance s'étire, je suis pris d'un désespoir accablant, chaque seconde paraissant une éternité, chaque battement de mon cœur un glas annonçant la fin imminente de ma lutte. Chaque pas semble un défi insurmontable. L'air devient lourd, irrespirable. Chaque cri résonne comme un coup, brutal, dans mes entrailles. Mon corps, paralysé, refuse de répondre à l'urgence. Les cris s'amplifient et s'évanouissent un à un, peu à peu remplacés par un silence assourdissant. Et soudain, je comprends : ce n'est pas un choix que je peux repousser. C'est une question de survie, de sens. Si je recule maintenant, je renoncerai non seulement à cette lutte, mais à moi-même, à tout ce que je suis, à tout ce que je pourrais devenir.

Les visages autour de moi se figent dans une expression de vide, comme des spectres témoins de ma faiblesse. Mais je refuse de détourner le regard. Alors je m'accroche à cette vision, à cette image du petit garçon que j'étais et de la mère que j'ai eue. Elle est tout ce qui reste de beau, d'inaltéré. Une promesse fragile que je ne peux abandonner.

Je me vois tendre la main, vacillant, et dans cet instant suspendu, une voix résonne, douce, comme un écho du passé : « Paul, rappelle-toi pourquoi tu es ici. Rappelle-toi ce que tu as promis. » Ce garçon, ce fragment de moi-même, me rappelle que tout n'est pas perdu. Je vois dans ses yeux cette détermination, cette lumière qui m'animait et qui m'anime difficilement encore. Je sais que mon temps est compté. Ce dôme, ces murmures oppressants, ces visages éteints... presque morts. Tout converge vers une seule et même vérité, la seule et incontestable : je ne sortirai pas d'ici vivant. Mais cette idée ne m'effraie plus. Ce n'est pas tellement ma fin qui compte, mais ce que je laisse derrière moi. Et c'est là que vous entrez en scène. Oui, vous, mes nouveaux amis. Vous à qui j'ai tout raconté je crois, vous qui avez entendu mes doutes, mes peurs, mes rêves. Je ne veux pas que les rêves de ce petit garçon disparaissent. Je sais que vous êtes probablement les seuls à connaître son existence, à avoir partagé ses rêves et ses angoisses avec moi. Souvenez-vous de tout ça, faites-en bon usage. Ne laissez pas mon sacrifice être vain, ne laissez pas ma voix se perdre dans le néant. Je compte sur vous, comme on compte sur une étoile dans un ciel sombre, comme on espère un nouveau jour après une longue nuit.

« Bonjour papa, bonjour maman, c'est votre fils Paul. Je crois qu'on s'est fait avoir. J'ai raté quelque chose d'inestimable, de vital, je sais. Maintenant, il est trop tard, je crois.

Mais ne vous inquiétez pas, j'ai confié notre monde au destin, en espérant que nos ancêtres auront le courage de réaliser leurs rêves, même avec toutes les pressions extérieures qui menacent de les écraser.

Faites-moi une place dans ce nouveau monde. Je me ferai tout petit, je le jure, telle une poussière d'étoile.

Mais avant de vous rejoindre pour de bon, laissez-moi dire quelque chose à mes nouveaux amis.

Je vous en prie, n'oubliez pas. Je ne veux pas partir dans l'oubli, dans le silence de cette folie qui m'entoure. Je veux que vous sachiez que j'ai lutté, même lorsque tout semblait perdu, même lorsque le désespoir menaçait de m'emporter. Je veux que ma voix résonne dans ce dernier souffle, comme une ultime déclaration, une révolte contre la fatalité. »

Chapitre 11

Nulla tenaci invia est via
Pour les tenaces, aucune route n'est infranchissable

Je suis là, à cet instant où le temps s'étire encore, léger comme une corde qui menace de se rompre. Le bonheur, ce mot qui glisse entre mes doigts, semble s'effondrer, comme un rêve trop loin pour être rattrapé. Mais, honnêtement, ça ne me fait rien. J'ai enfin retrouvé la douceur des souvenirs, tous ces moments simples, où tout semblait possible.

Dans ce monde qui s'efface, où les couleurs se ternissent et où l'espoir est devenu une légende qu'on se raconte, la mort prend un goût de repos, de fin de tempête. C'est tout ce qui compte maintenant : un calme, un dernier soupir, et une paix que je n'ai plus connue depuis longtemps.

Je veux vous dire une dernière chose, comme si c'était un secret murmuré dans l'obscurité, juste entre nous. Ne voyez pas ma mort comme un acte de désespoir, mais comme une forme de victoire, un refus de ce monde qui a oublié comment vivre, comment aimer, comment rêver. Surtout, voyez-la comme un message, une dernière lettre à ceux qui restent, à vous mes ancêtres, mes nouveaux amis.

Imaginez-moi, mon dernier souffle, mon dernier regard, non pas comme un adieu, mais plutôt comme un défi. La promesse que, même avec toutes ces angoisses et toute cette peur que j'ai eu ces derniers jours, j'ai réussi à retrouver ce que l'homme pouvait avoir de beau et de bon.

Je n'ai jamais trouvé de place ici. Dans tous les cas, vivre dans ce monde figé, c'est déjà être mort. Mourir, c'est peut-être la seule façon de quitter ce vide. Je pars. Pas par faiblesse, mais par révolte. Mon premier acte, et mon dernier, ce sera de refuser de devenir ce qu'ils veulent que je sois, de plier sous leur indifférence. Non, ils n'auront pas ce morceau de moi. Je veux m'éteindre avant qu'ils ne m'effacent complètement. Je ne veux pas être une ombre. Je veux briller, même une dernière fois, même dans la nuit. Ce sera ma résistance, mon éclat.

Pour une fois, je choisis seul. Parce que, franchement, qui se soucie encore de moi ? Il ne reste que vous, mes ancêtres, ceux qui ont croisé mon chemin. Si vous le voulez, partageons ces derniers instants, cette mélancolie qui devient si douce, cette beauté douloureuse qui est désormais la nôtre.

Avant de partir, je veux revivre un peu. Je veux sentir l'air frais, respirer l'odeur des forêts, me rappeler la chaleur d'un été, le ciel rouge orangé au crépuscule. C'est ça, ces petits instants que je veux emporter avec moi. Je veux goûter à cette vie qui se termine, me rappeler des rires, des joies, des larmes, de tous ces moments que j'ai souvent pris pour acquis et qui sont maintenant des trésors.

Avant de partir, je veux que vous sachiez que je crois en vous, pour longtemps, pour toujours. Je veux que vous n'abandonniez jamais, que vous ne vous limitiez pas à ce que vous pensez être. Ayez confiance en vous, même dans l'ombre de la déception. Ne laissez pas non plus la tristesse ou la défaite vous définir. Ne vous résignez pas à une vie sans goût. Ne laissez pas vos rêves se diluer juste pour plaire aux autres. Ne fuyez pas dès que les événements se compliquent. À chaque chute, relevez-vous. C'est là que commence le vrai combat.

Je veux aussi que vous restiez ouverts et sensibles, que vous ressentiez la beauté des petites choses. Soyez émerveillés par la simplicité. Je veux voir vos sourires, entendre vos rires. Ne laissez pas votre conscience devenir un poids, mais un symbole de votre grandeur. Questionnez tout, même les vérités établies, avec la curiosité pure d'un enfant. Revenez à l'essentiel. Appréciez ce que vous avez déjà. Soyez ivres de vie. Ne perdez pas vos sens. Dites « merci » plus souvent ; ce mot est devenu trop rare à mon époque.

Soyez vrais, sincères. Ne vous limitez pas dans vos pensées, vos rêves ou vos actes, ne faites pas comme moi. Osez le changement. Créez, innovez. Ne vous privez pas. Désirez apprendre, grandir, vivre avec passion.

Ayez le courage d'essayer, ou de vous aventurer au-delà de votre zone de confort. Ne craignez pas le danger, ne cherchez pas le repos. Je ne vous souhaite ni la douleur, ni la souffrance, mais si elles venaient à se présenter, acceptez-les et surmontez-les à votre rythme. Assumez vos échecs. Célébrez vos victoires. Ne soyez pas trop influencés par le jugement des autres. Ne vous arrêtez pas à l'apparence. Ne vous figez pas dans la stabilité, mais ne vous perdez pas non plus dans l'instabilité. Engagez-vous sans vous oublier. Soyez exigeants avec vous-même.

Prenez du temps pour vous, écoutez-vous. Prenez des décisions, faites-le pour moi. Ce serait dommage de laisser passer quelque chose d'essentiel.

Et surtout, ne devenez pas ce petit bourgeois qui se retire pour observer le monde, confortablement installé. Ne restez pas dans votre fauteuil. Ne soyez pas offusqués par chaque bruit, chaque mouvement. Si vous avez quelque chose à dire, approchez-vous des projecteurs, ressentez la chaleur de la lumière. Elle pourra vous aveugler, mais elle vous guidera. Si vous voulez imposer votre rythme, faites-le, je vous encouragerai de là-haut. Dansez, bougez, occupez l'espace.

Un homme, quelque part dans une époque antérieure, tourna la dernière page du récit de Paul, ses doigts tremblants légèrement, glissants sur le papier usé. Il était assis dans une pièce étroite depuis tout à l'heure, entouré de documents qu'il n'avait jamais lus auparavant. Le silence dans la pièce était lourd, oppressant. L'horloge murale semblait avoir ralenti.

« Paul est mort », murmura-t-il, réalisant peu à peu la gravité de la situation. Il leva les yeux vers la fenêtre, de laquelle la lumière grise du jour déclinait lentement. Le monde autour de lui semblait différent, plus beau certes, mais tout aussi fragile.

Paul, cet homme qu'il n'avait jamais rencontré, parlait à travers les pages, comme s'il lui adressait personnellement tous ces mots empreints de courage et d'espoir.

Ce livre, ce cahier, n'était pas seulement un récit intime ; il portait en lui la clé d'une humanité en péril. L'homme le savait désormais : c'était comme si Paul avait pris un risque immense en laissant cette trace, cette ultime confession destinée à sauver ceux qui étaient encore en vie. Il réalisa alors l'ampleur de ce qu'il tenait entre ses mains : un avertissement venu d'une autre époque, une tentative désespérée de sauver l'humanité. Ce livre, c'était un ultime cri du futur, un récit qui avait voyagé à travers les âges. Cet homme, les yeux rivés sur le texte, frissonna en comprenant la portée de ce qu'il venait de lire. Le message de Paul, une mise en garde contre l'oubli, une lutte contre le temps. Ce livre, fragile et précieux, était maintenant entre ses mains, et avec lui, le fardeau d'une responsabilité immense. « J'y suis, enfin, dans ce moment suspendu... » murmura-t-il en relisant les mots du début, d'une voix tremblante. Il comprit qu'il ne s'agissait pas d'un récit, mais d'un cahier de conseils. Un guide pour l'avenir, une ultime chance de changer avant qu'il ne soit trop tard. L'homme se leva lentement, le cœur lourd, désormais conscient que ses actions pouvaient influencer le destin des générations futures. Il scruta la pièce, chaque objet paraissant soudainement porteur d'un sens nouveau. Les murs, témoins muets de tant de vies, semblaient vibrer d'une sagesse silencieuse. Et pourtant, dans ce silence pesant, l'homme sentait une urgence grandissante, comme si les murs eux-mêmes l'appelaient à agir. Il se rapprocha de la fenêtre, contemplant soudainement le monde qui l'entourait. Le ciel était couvert, les ombres des arbres se dessinaient sur le sol, créant un tableau inquiétant. Il se remémora les mots de Paul qui résonnaient désormais dans son esprit comme une mélodie obsédante. Chaque mot le poussait à une introspection brûlante. Il rouvrit le livre pour y découvrir cette dernière page :

« Alors, une dernière fois avant de partir, je veux que vous continuiez à faire du bruit, à crier. Je veux vous entendre. Je veux entendre ce vacarme de là-haut. Je ne veux pas entendre un petit bourdonnement, mais des cris qui sortent de vos tripes.

Mettez toute votre fougue dans la réalisation de l'œuvre du monde. Ne discutez pas de votre époque ; façonnez-la, maîtrisez-la.

Mettez toute votre énergie dans l'établissement et la conservation de votre grandeur. Il ne vous reste que quelques années avant que je naisse… ».

La lumière vacillante de la pièce dansait sur cette dernière page et une nouvelle résolution naquit en lui. Il se mit soudain à écrire, comme si la plume pouvait tracer une ligne avec le futur. Chaque mot était une promesse, chaque phrase une intention. Paul l'avait choisi pour être le gardien de sa mémoire. Le frisson d'une nouvelle détermination le traversa. Tout cela formait un fil d'humanité, une chaîne ininterrompue reliant le passé et l'avenir. L'homme se sentit submergé par la beauté de cette connexion.

Soudain, ses mains tremblaient d'une excitation nouvelle. « Je ferai passer le message », se jura-t-il. Il écrivit sans relâche, déterminé à poursuivre le rêve que Paul avait laissé derrière lui, à propager ce souffle d'espoir, à faire en sorte que son récit soit une invitation à la vie, à l'amour et à la résilience.

Au cœur de cette pièce étroite, un nouvel élan de vie naquit. Ce témoignage, véritable testament d'une humanité en lutte, était devenu le phare éclairant un chemin obscur et beau à la fois ; celui de la vie.

137

Postface

Les personnages de ce livre ne sont que des créations de mon esprit. Ils ne reflètent ni ma réalité, ni celle de mes proches.

Si certains ou certaines y reconnaissent des échos de leurs propres pensées, sentiments ou sensations, c'est sans doute parce que l'imaginaire rejoint parfois la vérité. Utiliser le roman pour dépasser le personnage et éveiller les consciences, je crois que ça a été ma principale motivation à écrire.

Le seul rapprochement possible est celui que je veux transmettre à travers la voix de Paul. Celui de la pensée libre, dépassant largement les normes pour exprimer toute notre singularité et notre humanité.

Peut-être qu'à travers ce personnage, je cherche, comme beaucoup, à comprendre ce que signifie être humain. Mais au fond, je crois que c'est vous, chers lecteurs, chères lectrices, qui donnez vie à ces mots.

Introduction — 9

Chapitre 1 — 13
Du fond de l'abîme, j'ai crié.

Chapitre 2 — 31
Elle ouvre et personne ne (peut) referme(r).

Chapitre 3 — 47
Prends garde à la chute !

Chapitre 4 — 59
Ruse ou courage, qu'importe contre l'ennemi !

Chapitre 5 — 67
Gloire aux vaincus.

Chapitre 6 — 77
Aime et fais ce que tu veux.

Chapitre 7 — 89
De loin, l'admiration est plus grande.

Chapitre 8 — 105
Paré à toute éventualité.

Chapitre 9 — 115
Opprimés mais pas abattus.

Chapitre 10 — 125
Ici finit le monde.

Chapitre 11 — 131
Pour les tenaces, aucune route n'est infranchissable.

Postface — 139

Dépôt légal : janvier 2025
ISBN 978-2-3225-6065-3.